# LE TRONC DE LA VEUVE

DANS LA MÊME COLLECTION

Gérard Streiff, LES CAVES DE LA GOUTTE D'OR (Baleine)

Maïté Pinero, LA MORT DU PETIT POUCET (Baleine)

Philippe Breton, CRIME PARIÉTAL

Gilda Piersanti, L'INCONNU DU PARIS-ROME

JACK CHABOUD

# LE TRONC DE LA VEUVE

POLARCHIVES

LE PASSAGE

*Collection dirigée par Gérard Streiff*

Couverture : Julien Levy
Photographie de couverture D. R.

# 1.
# NOIR, C'EST NOIR

« 69 Q 69 »

Antoine Cavaignac esquissa un sourire en composant le code qui donnait accès à la partie arrière de la galerie. Était-ce Geneviève, la propriétaire des lieux, qui l'avait trouvé ? Il sourit béatement en évoquant la personnalité de celle qui régnait sur Les Infortunes de la vertu, côté cour et côté jardin.

La galerie de peinture était fermée et aucune séance spéciale n'avait lieu ce soir. Il n'avait donc pas de raison d'être là, d'autant plus qu'il n'était pas censé avoir le code. Louis Cohen, l'autre expert de l'exposition qu'ils préparaient ensemble, le lui avait communiqué avec un petit rictus ironique : « À toutes fins utiles ».

Ce soir, alors qu'il venait de monter dans sa voiture garée place Saint-Sulpice, Antoine s'était souvenu qu'il avait oublié dans le bureau de Geneviève son dossier rouge, celui des assurances des originaux exposés.

Un coup d'œil à sa montre, il avait largement le temps d'aller à son dîner avec sa chère et délicieuse petite Chloé Bourgeade, qu'il n'avait pas vue depuis une éternité.

« 69 Q 69 »

La porte s'entrouvrit sur le silence et l'obscurité de l'étroit couloir qui conduisait au bureau de la séduisante galeriste. Antoine n'osa pas allumer, il se sentait coupable, en effraction. Derrière lui, un misérable flot de lumière grise tenta de percer les vagues de pluie qui s'abattaient sur la cour de l'immeuble pour se faufiler avec lui à l'intérieur. Peine perdue. Il se remémora les lieux avant de s'élancer dans le noir. Une ligne droite, un premier puis un second virage à gauche, la porte du bureau, et face à elle, l'escalier desservant les salles du sous-sol, où s'ébattait la nuit une clientèle nocturne plus éprise de fouets que de pinceaux.

Il referma la porte et avec assurance atteignit le bureau au jugé. Il y pénétra, et sans plus de crainte, alluma le lampadaire situé dans l'entrée.

Après s'être saisi du dossier qu'il avait laissé sur un fauteuil, il prit le temps de jeter un rapide coup d'œil au tableau qu'il avait eu sous les yeux une partie de l'après-midi : de curieux astéroïdes y survolaient des ruines de palais et de temples dans des dominantes de bleus et de gris.

Quand il ressortit dans le couloir obscur, il dériva dès la première courbe et heurta un mur dans un fracas qui lui parut assourdissant. Il s'immobilisa, attentif à une quelconque réaction. Un second bruit résonna alors, réplique du premier, lui faisant réaliser qu'il n'en avait pas été l'auteur. Soudain, une voix d'homme hurla : « Non ! » Une voix chargée d'une totale épouvante. Puis la voix, plus haute, aiguë, longue, redoubla : « Non ! »

Le cœur d'Antoine se mit à galoper dans sa poitrine. Dans un étrange réflexe de protection né de la peur, le bibliothécaire s'écrasa contre le mur, comme s'il voulait y incruster sa chair et ses os. Puis, il tenta de se calmer. On simulait souvent des horreurs dans ces lieux et il avait assisté à une ou deux soirées plutôt épicées. Mais non, là, ça ne pouvait tromper ! C'était l'expression d'une véritable épouvante.

Il n'eut pas le temps d'épiloguer car une porte s'ouvrit, une lumière fusa de la cage d'escalier, portant une rumeur qui s'évanouit aussitôt. Affolé, Antoine tourna le dos à l'entrée et fonça au fond du couloir qui s'achevait en cul-de-sac, où il se réfugia dans les toilettes privées de l'établissement. « Dans la gueule du loup » se dit-il en reprenant à nouveau son sang-froid. Quelqu'un grimpa au rez-de-chaussée, faisant resurgir la peur du bibliothécaire. La lumière inonda le couloir, des pas s'éloignèrent vers la sortie. La porte claqua et le noir s'étendit à nouveau sur le domaine des Infortunes de la vertu.

Antoine attendit : quelques poignées de secondes... une poignée de minutes. Puis, n'y tenant plus, il bondit dans le couloir et se guidant le long d'un mur, il gagna l'entrée.

Au moment de sortir, il fut soudain convaincu de s'être abandonné à un fantasme bien propre à ce lieu d'illusions, qui stimulait son imagination et sa libido depuis quelque temps. Par bravade, désormais certain d'être seul, il alluma le couloir, revint sur ses pas, descendit l'escalier, le cœur apaisé, le corps baignant dans cette chaleur qui suit les mouvements de panique. La salle dite « des petites tortures » n'était pas fermée. Il alluma le système commandant une série d'appliques en forme de torches aux lumières doucereuses disposées tout autour de la pièce. Mais quand son regard balaya la pièce, il sut qu'il avait eu tort de revenir sur ses pas.

## 2.
## LA ROUSSE EFFEUILLÉE

Les yeux grands ouverts avec la fixité de ceux qui ne cilleront plus jamais, un jeune type allongé sur le sol regardait le plafond. Un garçon vraiment gros, trop gros certainement, la chemise trempée de sueur, sortie du pantalon sans aucune élégance. Pas la moindre trace de sang, ni de coup sur ce corps étalé dans la souplesse d'une mort récente. Mais sa tête aux cheveux blonds ras faisait un angle vraiment impossible avec ses épaules. Le bibliothécaire demeura sans réaction devant le cadavre, jusqu'à ce qu'un ronflement de moteur l'avertît qu'une voiture manœuvrait dans la cour. On venait prendre livraison du supplicié.

Cette fois, Antoine se maîtrisa. Au lieu de fuir dans n'importe quelle direction, il traversa la salle pour gagner le palier donnant sur la galerie. Il éteignit derrière lui, ouvrit la tenture rouge qui séparait les espaces privé et public et se glissa entre les caisses d'emballage des tableaux en attente d'accrochage. Il était invisible de la rue comme de l'arrière-boutique. Dans l'attente que les tueurs aient achevé leur besogne de charognards.

Quand il entendit le moteur de la voiture ronfler sous la pluie battante dans la petite rue déserte, il se faufila à quatre pattes vers la vitrine, mais pas assez vite pour pouvoir lire la plaque d'immatriculation du véhicule ou en identifier la marque. Toujours courbé en deux dans un excès de prudence, il récupéra son dossier sous une caisse, et dans le mouvement, il découvrit un petit papier froissé sur lequel était inscrit au stylo à bille noir : « Tango chinetoque ». Il le fourra dans sa poche, puis consulta sa montre, et pensant à son rendez-vous de la soirée avec sa petite historienne favorite, il maugréa comme le lapin d'Alice : « je vais être en retard ». Et elle n'aimait pas ça, sa belle rousse, au nom de sa « bonne éducation provinciale » opposée aux manières des nouveaux beaufs parisiens. Il entreprit de fouiller les poches intérieures de sa veste en quête de portable, pour lui laisser un message au Mont Blanc, leur restaurant fétiche et lieu de retrouvailles. Chloé n'avait pas de téléphone mobile pour résister à la surdose de communication ambiante.

Aucune des poches du bibliothécaire ne recelant son portable, il en conclut qu'il l'avait perdu en jouant l'acrobate cacochyme derrière les caisses. Il fureta tout autour de lui sans autres découvertes que des mégots et des déchets de carton sur le sol. Il ne lui restait plus qu'à repasser par la petite salle pour sortir dans la cour. Mais quand il voulut ouvrir la porte du sous-sol, il découvrit qu'on l'avait fermée à clé.

« D'accord, c'est ta soirée » se marmonna-t-il, avant de s'avouer que le gros jeune gars avait été bien plus à plaindre que lui. Il revint dans la galerie, sans crainte de se faire voir cette fois, et en tournant sur lui-même comme un derviche en quête d'ivresse spirituelle, tenta de trouver une solution tombée du ciel. Et ce fut ce qui arriva, ou presque. De l'endroit où il s'était figé il apercevait par l'ouverture de la tenture la porte de la galerie, fermée par une barre métallique sur laquelle s'ancraient une série de verrous. Et il savait qu'un double des clés de ces multiples serrures reposait dans le tiroir à secret du bureau Louis XVI de Geneviève. Il ouvrit les verrous, revint poser le trousseau de clés à sa place, sortit en tirant la porte derrière lui en réalisant qu'il laissait deux signatures de son passage : des serrures ouvertes et sans doute un portable. Restait à savoir qui les découvrirait et ce qu'on en déduirait. Cette seule pensée lui fit dresser les poils les plus sensibles de son épiderme, tandis que son estomac se creusait à lui couper le souffle.

Il était plus de neuf heures quand il abandonna sa voiture sur un trottoir et se fondit dans les nombreux passants qui profitaient de l'arrêt de la pluie pour envahir Paris, malgré la température toujours aussi épouvantablement basse pour la saison. Il n'était presque pas en retard et avec ce qu'il avait à raconter, il était assuré de l'absolution de sa jeune amie.

Au sortir d'une rue agitée, métamorphosé en glaçon, il s'extirpa de la foule, gagna le calme de la rue Debelleyme et entra en hâte dans la petite salle bondée de l'hôtel-restaurant du Mont-Blanc. Leur petit rendez-vous, proche de chez Chloé, était ouvert ce soir-là comme chaque fois que la galerie voisine avait un vernissage. Et comme à un signal, les habitués de midi avaient rappliqué pour se mêler aux clients exotiques de la galerie, attirés par la chaleur des lieux et l'encanaillement du modeste bistrot et de son petit salé aux lentilles.

Antoine dut s'arrêter sur le seuil pour essuyer la buée qui avait voilé ses lunettes, aussi rondes que son visage piqueté d'une barbe rase et dominé par l'ébouriffement de ses cheveux blancs. Ce geste familier attendrissait toujours la patronne, qui avait un véritable faible pour lui. Quand il était là, elle affirmait aux piliers du bar, qui l'avaient entendu cent fois : « Il a de la classe monsieur Antoine, et c'est un savant ». Et elle ajoutait, avec un clin d'œil de connivence, qu'il était aussi coquin qu'il était malin.

À peine se fut-il frayé un chemin dans la fumée et la foule jusqu'à leur table, que Chloé l'accueillit d'un baiser et d'un triomphal :

– Je ne fume plus.

– Patch ? Griot africain ? Molécule miracle ? Psychanalyse ?

– Volonté, de la pure.

– Bravo ma grande.

Le sourire qui barrait le visage du bibliothécaire se figea soudain, car il venait de sentir monter en lui un brutal frisson de peur à la pensée du jeune mort et de ses imprudences de la soirée :

– Chloé…

– Oui ?

Le ton de son ami alerta immédiatement la jeune fille :

– Qu'est-ce qui ne va pas ?

Il se pencha vers elle, et dans un souffle lui raconta ce qu'il venait de vivre aux Infortunes de la vertu. Quand il eut fini, elle le regarda longuement, puis lâcha avec fermeté :

– Personne ne t'a vu. Personne ne sait que c'est toi qui as ouvert la porte de la galerie (il approuva d'un hochement de tête) et… personne ne peut savoir à quel moment tu as perdu ton portable.

Ça, il n'y avait pas pensé ! Fou de joie, il attrapa les épaules de la jeune fille et l'embrassa avec fougue sur le front à plusieurs reprises. Elle fit mine de se défendre, puis reprit sur un ton sérieux, mais sans aucune logique :

– J'abandonne ma série d'articles sur la Révolution de 1848.

– Pourquoi ?

– Ça m'ennuie.

Feignant l'indignation, Antoine reprit avec grandiloquence, d'une voix forte :

– Sachez mademoiselle que « les révolutions, ce sont

les seules pages de l'Histoire qui méritent qu'on ouvre, qu'on pose un livre » et c'est signé de mon homonyme Godefroy Cavaignac.

La jeune fille applaudit, imitée par leurs voisins, complices sans savoir pourquoi. Ce fut dans ce climat triomphal qu'il s'attabla. Dans le silence qui suivit, Chloé, fine mouche, nota que son ami était toujours perturbé par l'épisode de la galerie. Pour dissiper le malaise qui s'installait, elle s'exclama avec un enthousiasme un peu feint :

– Tu te souviens de la confession de Marx, le questionnaire de ses filles ?

Il grogna une approbation et elle acheva :

– Ma qualité la plus appréciée, c'était quoi ?

– La résistance, il me semble.

– Oui, la Ré-si-stance ; donc je retourne à mon occupation favorite : l'Occupation.

– Alors ça y est, s'esclaffa avec ironie le responsable du pudiquement nommé « Service Spécial » de la BNF, tu repars comme en quarante ?

– *Maréchal, nous voilà...* rigola un buveur proche noyé dans la fumée des cigarettes et les vapeurs d'alcool.

La patronne vint poser entre eux une bouteille de Régnié de chez Lagneau. Ignorant les interruptions, Chloé répondit d'une petite voix d'étudiante appliquée :

– Mais oui mon Tonio, je repars sous Vichy. Ou plutôt, mon travail vient de me faire tomber sur un sujet qui intéresserait plutôt la Chloé journaliste. Une affaire de réseau de résistants francs-maçons.

– Dis donc, le bibliothécaire parut soudain oublier ses préoccupations et s'enflamma, quelle coïncidence, moi aussi je travaille sur un franc-mac !

– Ils sont partout ceux-là, éructa un de ceux qui s'étaient perchés sur les tabourets du bar comme un vautour sur une ligne à haute tension.

Antoine continua :

– Mon maçon à moi, c'est le Divin Marquis...

– Comment, s'étonna Chloé, le marquis de Sade était franc-maçon ?

– Tout ce qu'il y a de plus, ma belle. Donatien Alphonse François marquis de Sade était un esprit des lumières, un peu ténébreux certes. De plus, son père avait été initié en Angleterre avec Charles de Secondat baron de la Brède et de Montesquieu.

– Du beau linge.

– En effet (le bibliothécaire tira de sa serviette un dossier fripé qu'il entrouvrit), le marquis fut aussi affilié à la fameuse loge des *Neuf Sœurs*, où il eut pour frères Voltaire, Benjamin Franklin, Chamfort, les Montgolfier, Carnot, Chaptal, Dupuytren, Esquirol, Jussieu, Laplace, Monge, Guillotin...

– Celui de la guillotine ?

– Mais oui, c'était un médecin. Il a inventé sa machine pour éviter aux condamnés les aléas du coup de hache.

– Quelle érudition, admira Chloé, mais comment...

Antoine ne la laissa pas achever

– Attends, j'ai autre chose à te révéler, ma rousse à la chevelure ardente...

Mais ce fut la patronne minaudante qui l'interrompit en apportant elle-même un veau sauté à l'estragon pour cette soirée inhabituelle. Au deuxième coup de fourchette, le bibliothécaire revint à la charge :

– Figure-toi que je suis l'infernal expert de l'exposition consacrée à Sade par la galerie Les Infortunes de la vertu, celle où...

Il n'acheva pas, comme si l'évocation du lieu en avait fait encore resurgir les événements de la soirée. Chloé continua comme si de rien n'était :

– Un beau nom pour le sujet.

– Heu… c'est aussi une galerie un peu spéciale.

À nouveau, il n'en dit pas plus.

Ils se turent pour se consacrer à leur repas. La chaleur aidant, Antoine enleva la veste de son éternel costume de toile noire et réussit immédiatement à faire une tache du plus beau marron sur son polo gris anthracite. Sourire attendri de sa compagne, tentative de nettoyage à sec, puis à l'eau, avant que le bibliothécaire n'immobilisât sa gesticulation maladroite, le regard bleu libidineux fixé sur la porte d'entrée : une fille rebondie comme un angelot, serrée de près par un pantalon de cuir et un chemisier trop court pénétrait au Mont-Blanc, dans une bouffée d'air glacé comme un mois de décembre à Chamonix. Elle venait en avant-garde de l'exposition voisine sur des céramiques gréco-bouddhiques afghanes, dont le vernissage devait s'achever.

Serviette en l'air, Antoine jeta un coup d'œil lubrique à la poupée Barbie, reluquée par la bande d'habitués dont le niveau sonore descendit en pente raide comme leur gosier. Chloé lui proposa :

– Celle-là, dans ta galerie « un peu spéciale », tu la lies et tu la fouettes comme de la crème allégée ?

– Tu sais bien que je ne rêve que d'effeuiller à nouveau ma petite rousse.

– Tu sais bien que tu as plus gros yeux que grand ventre, mon expert adoré.

Le quinquagénaire pervers favori de Chloé n'avait guère été son amant que le temps d'une prise de contact. La petite avait besoin de douceur et de caresses, son ami appréciait plutôt le cuir et les chaînes, à petites doses mais régulières.

Il voulut revenir sur leur terrain de connivence :

– C'est vraiment le soir des coïncidences, la galerie avec laquelle je travaille a appartenu à un riche marchand de tableaux, un certain Pierre Grunberg, déporté en 1944. Il avait appartenu à un réseau de résistance monté par des francs-maçons…

– *Patriam Recuperare* !

Le bibliothécaire fit un bond :

– Comment le sais-tu ?

– Parce que c'est la soirée des coïncidences ! Tu viens de le dire.

L'évocation des années noires de l'occupation allemande fit plonger le bibliothécaire dans un passé récent, où il était encore un directeur écouté aux Archives Nationales, jusqu'à une sale affaire impliquant un haut fonctionnaire très influent, ancien collabo. Antoine n'avait eu de cesse de démasquer le sinistre bonhomme, avec pour résultat sa descente aux enfers de la BNF, où il savourait désormais avec philosophie des collections qu'il parcourait en érotomane érudit.

La jeune femme remarqua son absence et demanda :

– Tu penses encore à ton obèse assassiné ?

– Mais non, franchement non ; je pense à toi, ma belle coïncidence.

– Coïncidence ! Coïncidence ! J'ai une gueule de coïncidence !

Il voulut répondre, mais un flot d'artistes et associés lassés des céramiques greco-bouddhiques entra dans un bruit de volière en chaleur. Lorsque les intrus se furent égayés entre les tables et le bar, ce fut Chloé qui apprit à son compagnon qu'elle avait une bonne chance de faire un coup double : avancer sur sa thèse d'Histoire et placer à *Prométhée*, la revue historique pour laquelle elle pigeait, un article dont l'angle d'attaque serait « Résistance et franc-maçonnerie sous l'Occupation, à travers la vie intellectuelle et artistique du pays ». D'où le recoupement avec le mouvement de Résistance *Patriam Recuperare.*

Antoine insista pour payer leur addition et ajouta :

– C'est étonnant le destin.

– Philosophe ?

– Écoute plutôt, ma petite poulette historienne... Pour mon exposition sadienne, j'ai l'ambition de remettre l'œuvre du marquis dans sa perspective philosophique et sociale ; alors j'ai eu recours à des spécialistes et je vais pouvoir t'en faire profiter.

– Je ne vois pas le rapport avec mon sujet, je ne traite pas « La Milice et la fessée de 1940 à 1944 ».

– Tu vas comprendre. Parler du frère Sade, c'est pénétrer dans l'Histoire maçonnique, d'où la nécessité de consulter un spécialiste. C'est comme ça que j'ai rencontré un certain André Combes, qui m'a branché sur un jeune thésard en Histoire, comme toi ma belle. Un garçon précieux, figure-toi qu'il m'a déjà permis d'acheter des « érotiques », dans un lot récemment adressé par erreur au Grand Orient de France par les autorités russes. Moscou vient en effet de leur retourner les archives saisies par la police des sectes de Vichy. Ces documents avaient été emmenés par les nazis et récupérés par les Soviétiques.

– Ah, mais tu commences à m'intéresser, mon Tonio, la piste Occupation-maçonnerie me semble de plus en plus passionnante, s'enthousiasma Chloé.

Comme s'il n'avait pas entendu, Antoine poursuivit :

– Un garçon charmant ce Samuel Bartolomei, et un puits de sciences. Tu auras tous les tuyaux possibles par lui.

La fille moulée était partie en fumée, la salle se vidait. Ils se regardèrent un long moment sans parler. Les horreurs de la galerie s'éloignaient, une douceur de fin de repas les enveloppa doucement. Ils se levèrent d'un même mouvement et partirent. Il y avait longtemps qu'ils ne s'étaient sentis si complices, loin de leurs éternelles querelles d'anciens et de modernes : désenchanté post-soixante-huitard contre fille de l'air du temps. En ouvrant la porte du restaurant, Antoine ne put s'empêcher de revenir à son aventure :

– Même si je ne risque rien, il se passe de drôles de choses dans cette galerie.

– Dans ce genre d'endroit, ça t'étonne ?

– Des partouzes au meurtre, il y a une nuance, non ?

– Certes.

– De toute façon, je ne peux pas faire marche arrière, cette exposition est trop importante pour moi.

Chloé se fit rassurante et moqueuse :

– C'est évident. Le mieux est de garder ça entre nous, et que tu ne fréquentes la boîte que le jour.

Elle laissa passer un bref silence avant de poursuivre :

– Et peut-être bien que je vais aller faire un tour chez ton ensorceleuse.

Dans la petite rue glacée, Antoine se retourna vers la belle rousse avec inquiétude. Mais elle n'était plus avec lui. Elle était quelque part dans Paris une nuit d'hiver, le cœur battant en noir et blanc, comme dans un film d'époque : imperméable blanc et chapeau à fleur, jupe courte et socques en bois, les jambes décorées d'une couture au crayon gras, pour donner l'illusion des bas. Elle entendait des bruits de bottes ; elle n'avait pas d'ausweiss pour circuler si tard, mais il y avait des messages codés dans les bonnets de son soutien-gorge.

Chloé était loin de savoir à quel point ce passé allait la rattraper et lui faire battre le cœur : en couleur.

## 3.
## LA PATRIE RÉCUPÉRÉE

– Antoine ? Antoine Cavaignac ?

– Oui.

– Vous avez perdu votre portable dans les toilettes des Infortunes de la vertu.

– Je...

– Et vous auriez pu trouver une solution plus discrète pour sortir de la galerie.

– Qui êtes-vous ?

– « Un ami qui vous veut du bien », selon la formule en usage dans ce genre de situation.

Un petit rire ponctué d'une quinte de toux, accompagna la fin de la phrase, avant que la voix ne reprenne :

– Vous savez où je suis ?

– Non.

– En bas de chez vous. J'ai fait comme la police, j'ai attendu le lever du jour et même nettement plus, pour venir vous voir. C'est correct non ?

Antoine fut rassuré par l'humour du propos, mais comme il n'arrivait pas à parler, son interlocuteur reprit :

– Je peux monter ?

À nouveau inquiet, le bibliothécaire tarda à répondre. Pourtant, il ne sentait aucune menace dans cette voix étouffée, qui lui était par ailleurs familière. Il se décida enfin :

– Oui. Je vous ouvre.

Quand la silhouette un peu voûtée s'encadra dans

l'entrée de son appartement, le bibliothécaire se sentit soulagé. Louis Cohen entra, sa petite moue drolatique et désabusée sur les lèvres. Il attira la main droite de son hôte et y posa le portable bien à plat sur la paume.

– Pourquoi... commença le bibliothécaire.

– Pourquoi ce petit jeu de chat et de souris ? Mais il me semble que je vous ai déjà confié que j'adorais ça. Et puis je sais que vous n'êtes pas comme moi, un cardiaque en situation irrégulière.

Ils rirent à l'unisson. Antoine fit du café pour lui et servit un jus d'orange au vieil homme. Ils grignotèrent. Mais quand il fut question de la présence de Louis dans la galerie la veille et de sa discrétion ce soir-là, l'expert consentit seulement à répondre de manière énigmatique :

– Trop tôt. Trop tôt pour vous répondre mon ami. Préparons cette magnifique exposition et ensuite on verra.

– Le jeune homme, hasarda le bibliothécaire, le jeune homme assassiné ?

– François ? Un mauvais coup. Oui, un mauvais coup. Nous partagions le goût des « devinettes »... et du danger.

Il avait accentué la fin de sa phrase au point de mélanger les diverses nuances Europe de l'Est et Amérique du Nord qui teintaient son accent de beaucoup de charme.

Les derniers mots de Cohen faillirent faire remonter à la surface de la conscience d'Antoine un élément qui ne parvint pas à passer la barrière du mot « devinette », qu'il répéta stupidement en fronçant les sourcils, tandis que l'expert le dévisageait avec indulgence, avant de se lever et de prendre congé d'Antoine en lui soufflant au passage : « Silencio. »

Quand la porte se fut refermée sur le vieil homme, le bibliothécaire mit un certain temps à réaliser ce qui venait de se passer, avant de se préparer un second, puis un troisième café : plus serrés les uns que les autres.

Pendant ce temps, rue des Archives, après avoir constaté qu'il faisait toujours aussi froid dehors, Chloé relisait les premières notes de son « Spécial Résistance et maçonnerie » bien au chaud sous sa couette, tasse de chocolat et tartines de confitures sur un plateau posé en équilibre au bord du lit.

« À cette époque, une branche spécialisée du contre-espionnage nazi s'installa rue Cadet, à l'ex-enseigne du Grand Orient de France (GODF). Cet organisme rejoignait dans les lieux son équivalent français, dirigé dès le 7 août 1940 par l'historien Bernard Faÿ, professeur au Collège de France, administrateur de la Bibliothèque Nationale, esthète élitiste, catholique et monarchiste. À ses côtés luttait contre le complot judéo-maçonnique une autre personnalité de l'antisémitisme et de l'antimaçonnisme, Henry Coston, qui installa un centre d'action antimaçon au siège de la Grande Loge de France (GLF), rue Puteaux. Ce brave homme est mort dans son lit, il y a peu. Les documents réunis par les deux entités permirent de nombreuses arrestations, opérées par la Brigade de police franco-allemande, transformée en police des sectes, dirigée par l'amiral Platon, qui sera abattu par la Résistance… »

« Platon, se murmura Chloé, quel beau nom pour un vilain monsieur ! » et suivant ce mystérieux chemin de mémoire qui l'avait déjà entraînée dans les décors de l'Occupation, elle ferma les yeux sur des images confuses où s'agitait un corps à la tête tournée dans un angle impossible vers une femme en tenue de SS, qui levait un fouet vers un homme agenouillé dans un bric-à-brac de meubles et sculptures brisés : peut-être à l'intérieur d'un de ces temples maçonniques séquestrés sous l'occupation. La scène s'éloigna, et toute dodelinante, la jeune femme réussit à sortir de son assoupissement pour revenir à ses notes.

« Les temples furent saisis, saccagés ou revendus, et les biens des frères dispersés. Beaucoup de francs-maçons se mirent en sommeil, certains retournèrent leur veste comme Marques-Rivière, mais bon nombre continuèrent à se réunir secrètement ou participèrent activement à la Résistance.

En 1941, à partir de 75 000 fiches établies par les services de Vichy, le Journal Officiel publia une liste de 15 000 maîtres maçons qui durent déclarer sur l'honneur ne pas appartenir à la secte abhorrée, et le cas échéant furent contraints d'abandonner toutes fonctions électives. En fait, la moisson fut décevante pour les vichystes, qui voyaient des frères partout, dans leur fantasme de revanche sur les gueux qui avaient amené République et laïcité. On en inventa donc, qui furent également chassés de la fonction publique ou désignés à la vindicte populaire. La traque fut soutenue par l'hebdomadaire bien nommé *Au Pilori*. Le ministre de l'Intérieur Marquet et le Garde des Sceaux Alibert interdirent ensuite les obédiences (organisations maçonniques constituées sous forme d'associations loi 1901) le 15 août 1940. »

Chloé s'interrompit et nota en marge pour elle-même : « Aujourd'hui, les constitutions du Portugal et de la France sont les seules en Occident à ne pas faire référence à Dieu. Si tout le monde avait laissé Dieu à la maison, Ben Laden aurait été guide touristique à Jérusalem. » Puis elle reprit sa lecture :

« Dès 1940, certains anciens dignitaires du GODF se retrouvaient régulièrement à la brasserie Victor place de la Bastille, jusqu'à ce qu'ils soient dénoncés. Mais le groupe qu'ils avaient fondé se réunissait régulièrement chez un certain Kirchmeyer, sous couvert d'une entreprise immobilière. Ils devaient plus tard constituer un Grand Conseil Provisoire de la maçonnerie française. Sur le plan Résistance, le groupe, homologué sous le nom de *Patriam Recuperare,* organisa des filières d'évasion et d'assistance à des juifs, des aviateurs alliés abattus, des réfractaires au STO (service du travail obligatoire en Allemagne).

Dès 1942, ils furent en liaison avec Londres, et *Patriam Recuperare* fut admis au sein du Comité National de la Résistance, après reconnaissance en 1943 par Jean Moulin.

En 1943, plusieurs membres du réseau furent arrêtés. Kirchmayer fut déporté en janvier 1944 à Buchenwald puis Mauthausen et un certain Pierre Grunberg, marchand de tableaux originaire d'Europe Centrale exilé à Paris, richissime argentier du groupe, l'accompagna sur la voie de Buchenwald, où il n'arriva jamais.

Peu avant la fin de la guerre, le groupe fut à nouveau saigné par des arrestations, mais ça ne l'empêcha pas de participer à la libération de Paris, et en particulier de reprendre les anciens sièges du GODF et de la GLDF, rue Cadet et rue Puteaux. La loge *Patriam Recuperare* existe toujours. »

Chloé s'interrompit pour caresser distraitement la fourrure noire d'Arsène, son arsouille de chat nourri au blanc de poulet, quand elle était en fonds. Ce n'était pas le cas en ce dernier jour tristounet d'un printemps mensonger ; et si Arsène ronronnait, sa maîtresse savait que ce n'était signe de contentement que pour les humains et les publicitaires animaliers.

Elle allait empoigner un autre de ses documents d'archives, lorsque le téléphone sonna :

– Hello, jeune fille, c'est Antoine. Mon étudiant est d'accord pour t'aider. Il m'a demandé ton âge et quand je le lui ai dit, il a eu l'air déçu. Tu vois qu'il y a des jeunots pervers aussi ?

Ignorant l'attaque, la jeune femme répondit :

– Tu tombes bien avec ton franc-mac, Crémieux a été emballé par mon nouvel angle d'attaque et il veut une série.

– Tu avances ?

– Sans souci.

– Pénalité, c'est du parler de jeune ça !

– Tu ne vas pas me resservir *La déroute de la pensée* et toute cette sorte de « Mort au jeunisme ». Et puis je croyais qu'on avait signé l'armistice ?

– Comme en 40.

– Je sais tout sur *Patriam Recuperare*, mais j'aurai besoin de ton érudit pervers pour d'autres infos sur la maçonnerie.

– No problemo.

– Et ça, c'est pas de la langue de jeune ?

– J'ai le droit de parler les langues étrangères.

– Bof… Et ton expo ? Et ton catalogue ?

– Du côté de la galerie ça roule, mais le catalogue est un gros morceau.

– Bon, ben à plus !

– À vous revoir, délicieuse jeune personne.

Chloé grommela, ne trouva pas de riposte et raccrocha. La sonnerie du téléphone enchaîna aussitôt, c'était encore Antoine :

– Chloé jolie, je t'avais appelée pour une visite de la galerie.

– Tu veux m'entraîner dans cet antre mortel ?

– Tu as peur ?

– Je n'ai peur que du vide, tu le sais.

– Je suis en bas de chez toi dans un quart d'heure.

À peine eut-il embarqué Chloé qu'Antoine lui raconta la visite de Louis Cohen. S'il la rassura sur son sort immédiat, elle eut l'impression que tel un ours pataud, il avait fourré son nez dans une ruche un peu trop bourdonnante pour lui.

Ils roulèrent un instant en silence, puis, retrouvant le bonheur de se plonger dans son exposition, le bibliothécaire se mit à conduire avec la plus grande distraction, dans un flot de paroles. Heureusement, la circulation était peu dense. Ils traversèrent la Seine au pont Alexandre III et se dirigèrent vers le boulevard Saint-Germain. À la hauteur de l'Assemblée Nationale, Antoine annonça avec fierté :

– Tu sais que nous aurons le fameux portrait imaginaire de Sade par Man Ray.

– Non ?

Il haussa les épaules sous l'ironie :

– C'est Louis, mon collègue américain pour la partie arts plastiques qui l'a obtenu de la collection Ménil à Houston.

– Celui qui est venu te voir ce matin.

– Oui.

– Franc-maçon ?

– Tu fais une fixette ou quoi ? !

– Et toi, qu'est-ce que tu présentes ?

– Mais… des ouvrages archi-rares du XIX^e^, et l'intégrale ou presque de l'œuvre : *Justine ou les malheurs de la vertu, La philosophie dans le boudoir, La nouvelle Justine et l'histoire de Juliette sa sœur,* et *Les cent vingt jours de Sodome* publiés en 1930 seulement…

– Est-ce que c'est bien moral tout ça ?

– Tu sais, c'est un sacré… (il s'interrompit pour éviter un motard qui surgissait du couloir réservé aux bus) philosophe ce Donatien.

– Peut-être, mais aussi un sacré sadique.

– Sais-tu seulement ce qu'est un sadique, petite oie blanche ?

– C'est un gars comme toi avec une case de moins en plus, ou l'inverse.

– M'ouais. Tiens, tu connais l'histoire du sadique et du masochiste ?

– Non.

– Vous ne savez rien, vous les jeunes.

– Tu ferais mieux de regarder où tu vas, *old timer.*

Antoine venait de brûler un feu rouge et avait manqué de peu l'arrière-train bariolé d'une touriste manifestement américaine qui se croyait protégée par sa masse et le passage matérialisé.

Le bibliothécaire poursuivit sans s'émouvoir, en tournant rue de Rennes :

– Le masochiste qui rencontre un sadique lui demande « Fais moi mal ! » et l'autre salopard lui répond « Non ! » en ricanant de plaisir, alors le maso lui susurre « Merci ! » en pleine extase.

Chloé sourit et ils débouchèrent place Saint-Sulpice :

– Tu ne vas pas me dire que ta galerie spéciale est ici ? C'est de la provocation !

– C'est pas une bonne idée ? Réunir Sade et le mouvement le plus pervers de l'histoire du catholicisme ?

Toujours aussi guilleret, Antoine gara sa voiture dans un angle de rue, un emplacement rêvé pour la retrouver en fourrière. Ils sortirent dans ce froid toujours aussi insolite, un peu de buée aux lèvres.

– Le divin bonhomme est connu de gens qui ne l'ont pas lu, comme d'habitude, reprit le bibliothécaire en évitant une coulure de déjection canine en alternance avec deux crottes plus consistantes, pourtant, c'était un esprit terriblement en avance, un vrai libre penseur…

– Donc, un vrai franc-maçon.

– Erreur fatale, ma douce rousse. Les maçons de l'époque n'admettaient ni athées, ni femmes, ni esclaves, ni individus de mauvaises mœurs. D'ailleurs aujourd'hui, la plupart de ces messieurs sont théistes en pays anglo-saxons…

– Théistes ? À cause du thé ?

– Faible ! Non, cancrelette, ce sont des gens qui croient en la parole d'un Dieu révélée par un texte sacré : Ancien ou Nouveau Testament, Coran… Beaucoup d'autres sont déistes…, tu veux que j'explique là ?

– Non.

– Et la plupart ne reçoivent toujours pas les femmes.

– Ils m'intéressent moins tout à coup, tes amis.

Les Infortunes de la vertu s'ouvrait tout près de la place au bout de la ruelle des Planches, et dans sa vitrine, une affiche présentait une exposition de peintures érotiques romaines intitulée « Pompes et Circonstances à Pompéi ».

Au bas de l'affiche, une fresque bordée de rouge et noire alignait les célèbres matrones vantant leurs spécialités aux chalands qui passaient, sous l'œil goguenard d'un Jupiter aux yeux bandés, qui pesait son braquemart dans une balance, illustrant une allégorie qui devait se traduire par « raide comme la justice ».

Ils entrèrent. Des manutentionnaires enlevaient de lourdes plaques peintes accrochées aux murs, sous la direction d'une femme petite et sèche comme un coup de trique, aux cheveux bruns rasés de frais. Elle adressa un sourire distrait aux arrivants ; puis, reconnaissant l'expert, elle vint à eux de la démarche d'une amazone qui aurait accompli trois mois de chevauchée fantastique. Sa poigne de main ressemblait au reste et Chloé se promit de ne pas lui laisser sa patoune en repartant.

– Geneviève a dû s'absenter, dit-elle à Antoine, mais elle m'a laissé des documents douaniers pour vous.

Antoine avait présenté son amie comme historienne d'art, mais sur une soudaine impulsion, il lança :

– Savez-vous qu'il y a de sacrées coïncidences, Chloé travaille sur le réseau de francs-maçons auquel appartenait Pierre Grunberg, l'ancien propriétaire de cette galerie. Geneviève va sûrement pouvoir l'aider ?

– Certainement, elle a très (la galeriste avait appuyé sur le « très ») bien connu le successeur de monsieur Grunberg…

Elle n'eut pas le temps d'en dire plus, son portable se mit à sonner et elle se précipita vers la partie privée de la galerie en bredouillant : « Excusez-moi ! »

La femme revint très vite, mais elle semblait avoir perdu assurance et amabilité. Elle se dirigea vers un bureau et y saisit une liasse de documents qu'elle tendit à Antoine, avec l'évidente intention d'en rester là. Le bibliothécaire prit donc congé, mais sur le seuil de la galerie, il glissa à l'oreille de Chloé dans un souffle égrillard : « Tu as vu d'où elle vient ? C'est en dessous qu'ont lieu les soirées chaudes. » La jeune fille eut le bon goût de ne pas lui rappeler que dans ces profondeurs, il y avait eu aussi une soirée « mortelle ». Mais comme elle se retournait machinalement, elle aperçut, une fraction de seconde, le rideau cramoisi qui s'entrouvrit dans l'arrière-salle sur le visage en lame de couteau d'un homme qui les regarda à travers des lunettes noires : une crispation profondément antipathique sur toute sa physionomie.

## 4.
## CEUX QUI Y CROIENT
## ET CEUX QUI N'Y CROIENT PAS

Trois jours plus tard, alors que le temps faisait semblant de s'améliorer, Samuel Bartolomei donna rendez-vous à Chloé à la bibliothèque du Grand Orient de France, ouverte au public. Il avait dit « ouverte aux profanes », en prévenant la jeune femme qu'elle allait devoir décrypter son langage maçonnique.

Elle se leva prête à séduire tous les maçons du monde : fenêtre ouverte pour renifler la température, chemisier, petit pull moulant pour le froid et le fun, chaussures plates pour gambader, boîte de Canigou fast-food pour Arsène qui en miaula de travers, caresse distraite au félidé ulcéré, et la belle rousse dégringola de son troisième en écorchant les premières mesures de *Fahrenheit* du groupe Sine qua non ou l'introduction de *La fée blesse* de Jean-Philippe Viret – elle ne savait plus très bien – avant de tomber à mi-parcours sur madame Gomez, sa gardienne peu amène :

– Z'êtes pressée madémoisellé Bourgeadé ! C'est oune amoureux au moins ?

– Peut-être bien ; j'ai besoin d'être réchauffée en ce moment.

Foulées nerveuses jusqu'au décor Jules Verne de la station de métro Arts et Métiers, noire de monde à cette heure a priori creuse de la matinée, remontée de la marée humaine, flux et reflux, couloirs, affiches, odeur d'urine, chaleur, chaleur enfin, regards vides, rapides, sourires. Mais Chloé n'était pas présente là où son corps se déplaçait, elle était tout à l'excitation de ce reportage, à l'exhumation du passé, à la rencontre de ces francs-maçons mystérieux, dont elle ne savait guère que ce qu'en racontaient les journaux dans leurs « marronniers » annuels sur les « frères trois points ». Y avait-il des « sœurs » maçonnes pendant la guerre ? On ne parlait jamais des « sœurs trois points », des « filles de la lumière ». Peut-être qu'elles étaient moins politicardes que les hommes ? Peut-être que les « frères » étaient aussi plus humanistes qu'affairistes, ou adeptes de cérémonies occultes ?

Ballottée dans sa rame entre ses pensées et deux élégantes touristes italiennes volubiles comme des caricatures de touristes italiennes, elle se demanda si son euphorie matinale était la bienvenue alors qu'elle ressentait confusément une gêne, ou plutôt une sorte de menace qui la concernait. Elle en trouva la clé en repensant à l'horreur qu'avait vécue Antoine dans la galerie, sans être vraiment persuadée de cette explication ; comme s'il lui fallait aller chercher plus loin : un élément caché, qui lui échappait. Pour l'instant.

Après avoir hésité, elle renonça à changer à Opéra pour descendre à la station Cadet, et choisit de sortir à Grands Boulevards, pour emprunter les passages qu'Antoine lui avait fait connaître peu de temps auparavant. Comme dans le métro, les trottoirs étaient envahis par la foule et elle fut heureuse de s'engouffrer dans le merveilleux passage Jouffroy, surveillé par les caryatides du musée Grévin. Elle eut une envie de gâteau au chocolat devant la vitrine de la pâtisserie-restaurant Le Valentin, où son antidépresseur de bibliothécaire-pervers-pépère l'avait invitée à déjeuner un jour de pot au noir, en sortant de Drouot, où il avait acheté un lot de bouquins coquins en association avec un des marchands des passages voisins.

Une volée de marches, des éventaires et des vitrines bondés de livres d'art, d'ouvrages pour collectionneurs fétichistes, ou de revues de cinéma. Elle faisait défiler les images, sans s'arrêter, sans se hâter. Après la petite rue Grange-Batelière, elle fila dans le passage Verdeau, après un coup d'œil aux BD et romans d'aventure de la librairie Buret. Elle se sentait de plus en plus légère, vive, heureuse ; comme ça, sans raison, sans même l'illusion de l'été. À la sortie sur la rue du Faubourg-Montmartre, elle pénétra dans l'inconnue, ou presque. Elle était venue une seule fois jusque-là, invitée par Stella Rey, une autre pigiste de *Prométhée,* qui habitait au-dessus de la brasserie située à l'angle de la rue Cadet et de la rue Richer.

Elle zigzagua dans une circulation cacophonique en direction de la brasserie, les yeux rivés sur Fabrice Lucchini discutant en terrasse avec un des serveurs ; mais lorsqu'elle fut à sa hauteur, le comédien ne lui rendit pas son admiration. La rue Cadet, fausse rue piétonne et vrai souk aux marchands de quatre saisons, grouillait de touristes excités, de juifs en chapeaux noirs, de voitures klaxonneuses, de mémés aux cabas fleurant le camembert ou les épices exotiques : l'Occident, l'Orient et… le Grand Orient au milieu de la rue, avec sa façade métallique aussi accueillante qu'une porte de garage fermé pour cause de décès. Devant l'entrée en verre fumé : souriant, grand, mince, frisé, petites lunettes, veste et jeans, Samuel Bartolomei, comme convenu.

Un échange de sourire et ils entrèrent « dans le saint des saints » se dit Chloé en se doutant que l'expression était peu adéquate. Il susurra des mots doux à chaque oreille d'un appariteur. Ils enfilèrent un couloir et la jeune fille, vaguement intimidée, eut le temps de passer en revue une plaque à la mémoire de maçons morts en 1940 et d'apercevoir une citation de Saint-Exupéry barrant le mur face à elle :

– Saint-Ex était maçon ? demanda-t-elle.

– Non, répondit sobrement son compagnon, en lui ouvrant la porte d'un ascenseur sur une interrogation :

– Vous faites un papier sur les maçons sous l'Occupation ?

– Oui et non, mon angle d'attaque était beaucoup plus vaste à l'origine, mais la découverte du réseau *Patriam Recuperare* m'a incitée à suivre la piste maçonnique, que je vais croiser avec une autre découverte, celle de son financier, un marchand de tableaux mort en déportation.

– C'est une bonne idée, même s'il y a déjà des historiens qui ont été voir du côté des artistes et des maçons pendant l'Occupation.

Palier du septième, dans l'entrée un tableau du peintre Fred Zeller – ex-secrétaire de Trotsky, ex-grand maître du GODF – puis un couloir, et ils débouchèrent dans une pièce tout en longueur. D'un côté les livres sur des rayonnages, de l'autre des baies vitrées ouvertes sur l'abominable basilique du Sacré-Cœur. Au milieu de la bibliothèque s'allongeaient deux tables où des hommes et des femmes étudiaient sagement la pensée des « fils de la lumière ».

Un grand type barbu s'approcha d'eux et salua Samuel, qui le présenta :

– Pierre, conservateur de la bibliothèque.

Chloé exposa son sujet et l'homme commenta d'une voix sonore :

– Sur cette époque, nous avons des trésors assez peu exploités que nous a légués Vichy.

Une femme vint chercher le conservateur et Samuel conduisit la jeune fille au bout d'une des tables.

– Vous êtes en thèse d'Histoire comme moi ? commença Chloé.

– Oui.

– Sur un franc-maçon, bien sûr ?

– Non. J'ai lié mon destin universitaire à Ferdinand Buisson, l'homme qui a pensé le programme scolaire de Jules Ferry.

– Un franc-maçon, lui ?

– Oui.

– On pourrait se tutoyer. Tu ne tutoies pas que tes frères ?

– Je suis fils unique.

– Personne n'est parfait, surtout pas les fils uniques (sourire de son interlocuteur). Bon, je ne te cache pas qu'en bonne journaliste je compte t'exploiter un maximum.

– Au moins, c'est direct. Demande et tu seras servie.

– La maçonnerie, je n'y connais rien.

– Bon, au commencement, il y a eu le déluge et vingt-deux siècles bibliques plus tard, deux pasteurs, un anglais et un français, fils de révoqué de l'édit de Nantes, ont inventé notre mouvement. Mais là dessus tu as d'excellents docs que je te prêterai.

– Merci.

– On commence en 40 ?

– Oui.

Elle sortit un carnet de notes, il amorça :

– Il faut toujours se souvenir que Pétain et ses acolytes se sont vengés : de l'avènement de la gueuse, de la séparation de l'Église et de l'État, de l'affaire Dreyfus, de la répression des émeutes de 34 en partie issues de l'affaire Stavisky, compromettant un juif et des maçons.

– Toujours le complot judéo-maçonnique ?

– Tout juste, un complot né de deux faux en écriture : l'un inventé par Augustin de Barruel, un abbé qui n'avait pas digéré 1789 et attribuait la révolution aux maçons, et l'autre, le célèbre *Protocole des Sages de Sion*, fabriqué par la police du Tsar à la fin du XIXe pour justifier les pogroms. »

Chloé aurait voulu continuer, mais Samuel venait de réaliser qu'ils dérangeaient les lecteurs silencieux autour d'eux.

– Viens, dit-il en se levant, je vais t'expliquer le système de consultation des ouvrages et si tu n'y vois pas d'inconvénient, je t'emmène poursuivre au restaurant. J'ai faim et il est midi, heure symbolique du travail pour les francs macs.

Dans l'ascenseur, alors que Chloé l'entreprenait sur les accusations de magouilles maçonniques dont les médias étaient friands, le jeune homme répondit :

– Tu n'as rien contre une pizza ?

– Non, mais toi tu aimes le coq à l'âne.

Ils traversèrent la rue pour entrer dans une pizzeria à l'enseigne de la Maffiosa, où le patron les accueillit comme des amis.

– C'est la cantine de ma loge « La Rose du Parfait Silence », commenta Samuel.

– Poétique, apprécia la jeune fille, serrant la main du moustachu aux yeux pétillant d'intelligence qui les inséra avec habileté entre deux tables occupées.

Une *Donatella* champignons et épaule plus tard, au moment où ils commandaient des cafés, un homme passa devant la vitrine en apostrophant d'un grand « Salut Giovanni ! » le patron, qui lui indiqua ses deux jeunes clients.

Entrée du passant, saluts, un tiramisu pour le nouveau venu, quelques cafés de plus, et Chloé faisait la connaissance d'André Combes, historien de la Franc-maçonnerie française. Elle n'avait plus qu'à prendre un rendez-vous avec lui, sous forme d'une conférence avec projection d'un film produit par Vichy sur « la secte ».

Le flot de clients ne tarissant pas, on tirait, poussait, raclait des chaises. Leurs agendas ouverts, ses deux compagnons arrêtaient une série de dates ; Chloé décida qu'elle n'avancerait guère plus sur son sujet. Elle s'abandonna au brouhaha, aux bribes de conversations, à un instant qui flottait. Et ce fut ainsi qu'elle réalisa ce qui avait affleuré sa conscience dans le métro : dans la galerie de Geneviève Neyret, le type au faciès de tueur qu'elle avait entrevu ne foudroyait pas Antoine du regard, ce qui aurait pu se comprendre, mais ELLE !

Pour s'éloigner de ces réflexions angoissantes, Chloé s'immisça dans les consultations horaires des deux maçons :

– Excusez-moi, monsieur Combes, mais il faudrait vraiment que je sache tout ce qu'il est possible de savoir sur un certain Pierre Grunberg, membre de la loge *Patriam Recuperare.*

Et elle s'expliqua autant qu'elle le put. L'historien lui promit de penser à elle et Samuel ajouta :

– Tu es équipée Internet ?

– Oui.

Ils se passèrent leurs adresses électroniques avec des airs de conspirateurs.

En début d'après-midi, avant d'appeler le journal pour avoir le feu vert définitif de Crémieux sur sa nouvelle approche, elle appela Antoine de chez elle :

– J'aimerais retourner dans ta galerie sadique.

– Tu ne peux pas attendre le vernissage ?

– Non, je voudrais discuter avec la fille qu'on a rencontrée.

– J'aimerais mieux pas, tu sais que l'endroit peut se révéler dangereux, et puis… (la voix du bibliothécaire trahit soudain son embarras) Geneviève n'apprécierait peut-être pas. Sans compter qu'elle peut à son tour être en danger, si elle apprend ce qui se passe chez elle.

– Naturellement, on assassine tranquillement dans ses sous-sols sans qu'elle en sache rien.

– J'en suis certain.

– Dis donc, toi… elle t'a bien cravaté ta galeriste graveleuse.

– Ma roussette, tu sais que je n'aime que toi.

– Hélas !

– Écoute, Geneviève et moi, c'est autre chose.

– Ils disent tous ça.

– Tu veux savoir, c'est pas glorieux, mais elle m'ouvre la porte d'un des petits coins les plus fermés de la Capitale.

– Les plus fermés ou les plus ouverts ?

– Ne sois pas vulgaire. Chloé (il prit un ton de chien battu), c'est vrai qu'elle me botte cette Geneviève, mais surtout, qu'est-ce que peut apporter une coïncidence à ton reportage ? Tu auras tous les renseignements voulus après le vernissage ; je te le promets.

– Bon, n'effarouchons pas ta cavalière. J'attendrai.

Elle raccrocha, avec la ferme intention de galoper rue de Turbigo pour grimper dans le premier 75 en route vers le Pont-Neuf. Après, elle marcherait dans la froideur persistante jusqu'à la galerie chaude.

## 5.
## L'ŒIL N'ÉTAIT PAS DANS LA TOMBE

Au moment d'entrer aux Infortunes de la vertu, Chloé hésita : ne risquait-elle pas de réellement causer du tort à Antoine ? Ne serait-elle pas en danger ? Elle avait bien perçu le changement d'attitude de la jeune femme à son retour de l'arrière-salle, et elle n'hésitait pas à l'attribuer à une conversation avec le type au rideau pourpre ; mais cela avait-il un rapport avec le meurtre ? Avec l'histoire du lieu ? Ou avec sa paranoïa ?

Poussée par les forces qu'elle avait sollicitées en elle-même pour revenir ruelle des Planches, elle ne remit pas en cause sa décision, certaine de ce flair qui l'avait déjà conduite sur quelques bonnes pistes journalistiques. Avec tous les risques qu'elles avaient entraînés !

Elle poussa donc la porte de la galerie et paradoxalement éprouva un soulagement à constater qu'il n'y avait que trois hommes sur place. Un long vieillard chauve, qui flottait dans une blouse immense, guidait dans l'accrochage d'une immense toile deux jeunes types musclés, moulés dans des jeans et des débardeurs, baskets blanches aux pieds et crânes rasés façon joueurs de foot de charme. Le vieil homme se retourna vers elle, et ses yeux noirs lui parlèrent de douceur et d'humour juif :

– Mademoiselle ?

– Je… la jeune femme qui s'occupe de la galerie n'est pas là ?

– Non, Anne-Marie est absente pour quelque temps.

Téméraire, Chloé tenta :

– Et Geneviève Neyret ?

– Vous n'avez pas de chance, elle ne sera là qu'en fin de journée. Mais... je suis Louis Cohen, l'expert en arts plastiques pour l'exposition en cours.

– Je suis une amie d'Antoine Cavaignac, et j'écris un article...

Une lueur rapide traversa le regard vif du vieil homme : peur, curiosité, excitation ? Il la coupa en douceur et elle réalisa qu'il avait un léger accent, sans doute d'un pays de l'Est :

– Voulez-vous que nous parlions du divin marquis ? !

Ce n'était pas vraiment une question. D'ailleurs il n'attendit pas sa réponse et ajouta d'un ton presque mondain, en se tournant vers les deux hommes pour leur faire signe de déposer le tableau :

– J'ai réuni ici la plus grande partie des œuvres consacrées à Sade aux États-Unis et en Europe.

Un couple entra, sans leur adresser la parole ou même leur jeter un coup d'œil. Ils se dirigèrent avec assurance vers la porte de l'arrière-boutique, à laquelle ils frappèrent quatre coups au moyen d'un faune en rut et en bronze qui rappela à Chloé l'horreur que son pervers de bibliothécaire avait ramenée d'un voyage à Naples. Profitant de la diversion, Louis Cohen jeta sa blouse sur une chaise et, avec une énergie insoupçonnable, il s'approcha de la jeune femme, lui saisit le bras, et claironna :

– Venez, je fais une pause et je vous raconte Sade sous toutes les coutures avec un café ou un Coca-Cola.

Comme des amis de longue date, ils franchirent bras dessus bras dessous le seuil de la galerie et passèrent devant la vitrine. Avant d'être poussée vers une antiquité garée sur le trottoir, Chloé entrevit dans la galerie un des boys super moulés qui téléphonait sur un portable en les regardant. La voiture du vieil homme partit en hoquetant :

– Rien à faire, se lamenta Cohen, on m'a prêté cet estimable engin, mais il y a une éternité que je n'ai conduit de voiture à boîte de vitesses mécanique.

– Vous vivez aux États-Unis ?

– J'y habite. Montrez-moi le chemin pour aller chez vous.

– Mais, dit-elle en riant, ça ne se fait pas d'aller comme ça chez une jeune fille.

– Vous connaissez un endroit plus confidentiel pour que nous parlions de ce que vous êtes imprudemment venu chercher dans la galerie ?

– Vous savez de quoi il s'agit ?

– Antoine m'en a parlé. Il était persuadé que vous alliez lui désobéir et il sait que je passe beaucoup de temps aux Infortunes de la vertu. Même le soir.

Chloé comprit que le bonhomme savait tout sur tout et bien au-delà. Ça devenait excitant. Elle désigna la Seine :

– Bon. Vous traversez et vous allez...

– Non ! Je ne vais plus chez vous.

Il venait de jeter un coup d'œil dans son rétroviseur et arrêta la voiture dans un grincement de sorcière écorchée vive, pour l'embarquer sur un passage piéton, devant une brasserie. En ouvrant sa portière, Chloé vit passer un scooter conduit par un jeune type au crâne rasé, les bras nus comme si juin était toujours juin.

– Il va prendre froid ce petit con, commenta le vieil homme en ouvrant à Chloé la porte de la brasserie.

Mollesse d'un creux de journée, le garçon baillait, la patronne était plongée dans les comptes et le patron dans l'*Équipe*. Ils prirent place au plus profond de la salle, sur une banquette en moleskine, le dos au mur comme dans les westerns, environnés de remugles de bière et de tabac brun. Louis demanda :

– Café ou Coca Cola ?

Par jeu, Chloé exigea une Grimbergen et son interlocuteur approuva le clin d'œil :

– Pas Mal, Mademoiselle Bourgeade. Grimbergen, Grunberg, Grimberger, Grüneberg, Grimbert ou Grunberg, c'est toujours une montagne verte, en Flamand comme en Allemand.

– Merci et maintenant ?

– Les Infortunes de la vertu méritent bien leur nom vous savez. Mais je vais vous parler un peu de moi et... d'un autre.

On les servit, il ferma les yeux et attendit un court instant avec l'expression d'infini plaisir du conteur sûr de son auditoire.

– Il était une fois à Prague un riche marchand de tableaux et un peintre médiocre, tous deux juifs et amis. Mais en Bohême, il y eut bientôt trop d'Allemands. Il faut dire aussi que le peintre était un mauvais créateur mais un copieur de quelque talent.

Il avait forcé la voix sur la fin de sa phrase, comme pour attirer l'attention de la jeune femme. Elle voulut sortir son carnet, mais il l'arrêta :

– Non, pas encore. Je suis une vieille coquette qui adore préparer ses effets. J'aime jouer, c'est une des rares excitations que je puisse atteindre depuis bien longtemps.

Ses yeux s'étaient éclairés pour fouiller à nouveau dans son passé :

– En 1940, Pierre Grunberg, le richissime marchand d'art choisit de s'installer en France, car sa femme,

Rachel, avait un unique frère, marié à une Française. Quant à moi, je partis à New York le jour précis où la baronne de Goldschmidt-Rothschild quitta la France dans une voiture bourrée de Van Gogh, Cézanne, Manet et Cranach. Pierre en amenait deux fois plus dans son pays d'adoption. Les Grunberg achetèrent ruelle des Planches une galerie qui porta leur nom, et ils vinrent habiter dans un immeuble proche de celui du frère de Rachel, dans le seizième. Pendant un an, tout se passa bien. Pierre fit même des affaires somptueuses sur le dos de malheureux juifs qui quittaient le pays. Il se crut protégé en faisant une ou deux donations prestigieuses à l'État vichyste, dont un rare Monsu Désiderio et un remarquable Poussin dont on se demande bien ce qu'ils ont pu devenir. Sans doute sut-il aussi arroser qui il fallait de tous côtés pour poursuivre presque ouvertement son commerce.

Le musclé au scooter stationnait en face de la brasserie. Louis but une gorgée de thé à la cardamome et reprit :

– À la fin 41, la famille du beau-frère de Grunberg fut dénoncée pour avoir fait du marché noir. C'était vrai ou faux ? En tout cas pour des juifs c'était la déportation. Parents et enfants ne devaient pas revenir d'Auschwitz. C'étaient les seuls parents directs des Grunberg (il avait martelé cette dernière phrase et Chloé l'avait noté). Rendu prudent, Pierre ferma la galerie et loua une villa en proche banlieue, à Maisons-Alfort, où il cacha la totalité de ses toiles avant de s'y retirer avec sa femme.

– Vous me parlez de *Patriam Recuperare* ?

– Que vous êtes impatiente. Je vous ai prévenue (il acheva tranquillement son thé), je soigne mes coups de théâtre. Donc, Pierre étant un homme très actif et décidé à s'opposer aux occupants, prit contact par l'intermédiaire d'un ami franc-maçon avec le réseau auquel vous vous intéressez. Il s'y fit sa place sous le pseudonyme de Raymond Rachettre et finança beaucoup d'opérations du réseau, avant d'être dénoncé. Mais ceci est une autre histoire.

– Rudyard Kipling ?

– Qui était franc-maçon (Louis força brusquement sa voix), comme je vous l'ai dit.

Chloé mit quelques secondes à réagir, avant de repérer un homme seul assis tout près d'eux et leur tournant le dos. Louis poursuivit, pour la galerie :

– Celui qui aura beaucoup fait pour le marquis, c'est Apollinaire, souvenez-vous des *Onze mille verges,* et cela bien avant Breton et l'hommage surréaliste à l'art subversif de Sade. Le reste… on le verra plus tard.

Dans un étrange petit rire grinçant, le vieil homme appela le garçon, régla l'addition et se leva, suivi par la jeune femme qui réussit à entrevoir au passage la silhouette d'un individu plutôt élégant, mince, au visage émacié. Sans lunettes de soleil. L'homme ne bougea pas à leur sortie, mais le scootériste assidu n'était pas loin.

– Au point où nous en sommes, dit l'expert en martyrisant ses vitesses, je vous raccompagne.

Chloé demanda brusquement :

– Vous ne peignez plus ?

– Non et c'est mieux pour mon ego. Je suis devenu un expert en peinture et dessins classiques et modernes, et aussi un spécialiste des collections juives spoliées pendant la guerre. Croyez-moi il y a du travail à faire sur le sujet.

Cohen s'enquit de la direction à prendre et tant bien que mal propulsa sa carriole le long des quais, avant de longer l'Hôtel de Ville et de remonter la rue des Archives.

Peu avant d'arriver à la hauteur de l'immeuble de Chloé, Louis arrêta brusquement la voiture sur un bateau.

– Qu'est-ce qui se passe ? On nous suit…

La jeune femme n'acheva pas car un regard au conducteur lui avait suffi pour comprendre. Blême, essoufflé, les dents serrées, la main droite posée à la hauteur du cœur comme pour une prestation de serment, le vieil homme résistait à une succession de vagues de douleur.

– Ça ne va pas ? Est-ce que je peux faire quelque chose ?

– Non (il avait tout juste desserré les dents), ça va passer, ce sont des spasmes, mon vieux cœur en a marre de pomper.

Il tenta un sourire qui devint une grimace, elle reprit :

– Vous vous soignez au moins ?

– D'après les médecins les plus cyniques, ça ne serait plus guère la peine.

Il releva la tête, respira et redémarra. Chloé proposa :

– Montez chez moi un moment.

– Non (il sourit), ce ne serait pas convenable… (elle lui rendit son sourire) Ne vous inquiétez pas, je vais repartir tout de suite. Nous poursuivrons cet entretien, mais je dois vous dire que la suite peut se révéler délicate pour vous et pour Antoine.

– Pas pour vous ?

– Si, mais comme vous le voyez, je ne suis qu'un survivant, un vieux survivant. Tandis que vous…

– J'ai déjà pris des risques pour des causes qui m'ont paru en valoir la peine.

– Antoine me l'a affirmé.

Quand ils arrivèrent en bas de chez la jeune femme, Louis lui donna un numéro de téléphone et acheva :

– À vendredi pour le vernissage. Continuez vos recherches ; intéressez-vous aux activités des bordels de luxe parisiens de l'époque. C'est passionnant. Mon jeune ami François aurait pu vous en apprendre là-dessus.

– Monsieur Cohen ?
– Oui.
– Qui êtes-vous vraiment ?
– Le destin, ma chère enfant.

Dans sa boîte aux lettres, Chloé trouva une facture de l'EDF, une convocation de l'Église de Scientologie pour se faire dianétiser, une déclaration d'amour à caractère nettement pornographique d'un voisin idéalement situé en face de chez elle – bénéficiaire de son horreur de fermer volets et autres stores – et un paquet contenant un message de Samuel accompagné de deux ouvrages sur la franc-maçonnerie. À peine entrée chez elle, la jeune femme eut à faire face à d'amers reproches d'Arsène, sous-nourri et mal aimé. Elle entreprit de le câliner jusqu'à ce qu'il rejoigne le paradis des félins.

Après avoir posé le matou sur son lit, elle ralluma l'écran de son ordinateur assoupi et se connecta sur Internet pour relever son courriel. Mais il lui fut impossible de recueillir ses messages : son navigateur avait du vague à l'âme.

Toute panne informatique entraînait la jeune femme au second étage, chez Gilles, alias « Branchado », fêlé de multimédia et autres mondes virtuels. Elle le trouva en pleurs un verre de whisky à la main. Il n'avait ouvert que parce que c'était elle. Tout comme Tonio était son antidépresseur, elle était la consolatrice de Gilles, si souvent abandonné par ses compagnons de route.

– Mon navigateur a mal au cœur, dit-elle.

– Et moi j'ai le mal de mer, répondit-il avec un faible sourire.

– Laisse ta maman en dehors de ça et viens te réconforter devant mon écran (elle regarda le verre qu'il n'avait pas lâché). Et amène ton médicament, car je n'ai rien à t'offrir dans le genre.

Il ne fallut guère de temps à Gilles pour lui activer un autre système qu'il lui avait déjà installé, lui récupérer ce qui traînait dans l'ancien et le lui transférer avec les doigts de fée d'un magicien de l'informatique. Puis, il éclata en sanglots et Chloé entreprit de remplacer sa mère pour de bon. Elle y réussit si bien qu'il finit par s'assoupir dans un fauteuil, expirant son sommeil en harmonie avec le chat.

En attendant que Gilles sorte de sa brume, la jeune femme imprima un message de Samuel concernant Pierre Grunberg, qu'elle lut en diagonale, à la recherche d'éléments nouveaux. Il y en avait un :

« On n'a jamais réellement su qui avait dénoncé Grunberg : voisin ? Indicateur collabo infiltré dans *Patriam recuperare* ? Il avait d'ailleurs tout aussi bien pu être victime de ses affaires parfois douteuses et traitées dans les bordels de luxe de la Capitale ? »

Elle se souvint. Louis Cohen lui avait conseillé de s'intéresser aux activités des bordels de luxe parisiens de l'époque. Elle revint à la note du jeune homme :

« La fatalité s'est abattue sur le couple Grunberg, car un an après sa déportation à Buchenwald où il mourut, sa femme fut tuée dans l'incendie de leur maison. Un incendie plutôt curieux, car consécutif à un bombardement allié, dont il fut le seul bâtiment à souffrir dans son environnement. On ne retrouva aucun tableau dans les décombres ; mais, fait macabre, le buste de Rachel Grunberg fut découvert intact. Pardon ma douce Chloé de faire une vilaine plaisanterie à connotation maçonnique, mais ces restes constituaient un tronc de la veuve ;

ce qui évoque dans nos us et coutumes, le sac, ou tronc de charité comme dans les églises, que nous présentons aux frères ou sœurs en fin de réunion, pour nos bonnes œuvres. La veuve concernée était dans la Bible la mère d'Hiram, constructeur du temple de Salomon. Tu as sans doute entendu les francs macs désignés comme "enfants de la veuve".

En l'absence d'héritiers, la galerie et quelques tableaux retrouvés ruelle des Planches furent récupérés par la Ville de Paris. Mais un certain nombre de toiles identifiées comme ayant appartenu à Grunberg ou sans doute détenues par lui pendant la guerre, réapparurent sur le marché de l'art d'après-guerre, en France et à l'étranger. On a supposé que le marchand avait une cache autre que sa maison, qui aurait été "découverte", ou bien qu'il aurait eu un "associé" indélicat. »

Gilles s'étant réveillé dans de meilleures dispositions, elle le raccompagna chez lui, où, sur une impulsion, elle requit à nouveau sa virtuosité pour surfer avec elle sur des sites évocateurs de son enquête. Ils tâtonnèrent au gré d'enchaînements de mots : réseau + Patriam, galeries + Occupation, Grunberg + Francs-maçons. Ils ne trouvèrent rien. Absolument rien.

Par dérision, Gilles envoya son moteur de recherche en expédition du côté des bordels III^e^ République, et il se passa quelque chose :

« Bordels ; Paris ; Occupation. Au Sphinx, au Chabanais, on s'amusait. Le champagne coulait à flot dans ces établissements de luxe et luxure dont le fleuron était le One Two Two, au 122 rue de Provence, fréquenté simultanément par les officiers allemands, les abominables Lafont (alias Henri Chamberlain) et Bonny qui torturaient leurs compatriotes dans les caves de la rue Lauriston ; l'ineffable monsieur Joanovici, juif et roi du marché noir ; des célébrités comme Tino Rossi, Sacha Guitry, Fernandel ou Maurice Chevalier. Ces artistes n'étaient pas des ordures comme Céline ou Rebatet, mais ils n'étaient résistants qu'à l'alcool. Auprès de ces dames il y avait aussi d'autres parisiens fortunés, dont le marchand de tableau Pierre Grunberg, qui y traitait des affaires, en particulier avec le commissaire-priseur Malucheau. Paradoxe commun aux deux hommes, ces affairistes appartinrent à un même réseau de résistance, où ils furent actifs. Tous deux périrent dramatiquement : Grunberg sur le chemin d'un camp de concentration et Malucheau dans l'incendie de la maison de la veuve Grunberg. Laissant à penser que la veuve et le commissaire-priseur avaient continué à magouiller ensemble. Une thèse accréditée par certains chercheurs sur cette époque, qui soupçonnent Malucheau d'avoir été un collabo infiltré dans la Résistance, ce qui expliquerait la vague d'arrestations dans le réseau *Patriam Recuperare.* Ce qui est certain, c'est que ce trouble individu devait en savoir long sur les tableaux du fonds Grunberg. Mais il emporta son secret dans la tombe. »

– Ouiiiiiiiiii ! ! Gilles, viens que je te bise !

Chloé emprisonna son voisin telle la *Vénus d'Ille,* amoureuse de pierre écrasant son fiancé humain. Le jeune homme en réchappa et questionna :

– Tu… tu as trouvé…

– Tout plein de choses intéressantes, mon petit Branchado. Grâce à toi ! Des connexions qui n'ont l'air de rien (elle pensait aux trafics de tableaux, à Malucheau et la veuve Grunberg, et à ce « successeur de monsieur Grunberg que Geneviève Neyret avait « très » bien connu), mais qui vous ouvre de ces horizons inattendus.

Dans l'excitation, elle chercha une cigarette, n'en trouva pas, but un verre d'un alcool inconnu d'elle mais infect, toussa, embrassa son gay sur la bouche ; et ils rirent, pleurèrent et rirent. Ils étaient jeunes et la vie passait vite.

Ce fut ainsi qu'elle put abandonner un Gilles heureux de son bonheur. Après qu'il eut commencé à se chercher un jeu pour finir la soirée, ce qui donna lieu à un déluge de plaisanteries débiles :

– Cherche Love@rousse.com ?

Il s'exécuta, faisant défiler les sites :

– Je trouve pas rousse, mais rosse.

– Espèce dc butor. Tu pourrais au moins trouver roux comme un beau mec ou rose comme une jolie fille, toi le roi du « tchatche » sur Internet.

– On dit « chat », à l'anglaise, ma chatte.

– Voui, mon chat.

Puis il l'oublia devant un jeu où deux superbes types en débardeurs et jeans moulants poursuivaient en tchatchant un petit gars rouquin dans une voiture rapide. Du vécu pour elle.

Tandis que Gilles régressait dans son monde virtuel, elle remonta chez elle. Parvenue sur son palier, elle s'arrêta brusquement : sa porte d'entrée était ouverte. Panique ! Puis, il lui sembla se souvenir qu'elle ne l'avait pas fermée en descendant chez son voisin. Inquiète malgré tout, elle entra sur la pointe des pieds, refermant la porte sans bruit. Et la peur s'empara d'elle à nouveau car Arsène ne se manifestait pas.

# 6.
# CHLOÉ SUCCOMBE

C'était impensable, jamais Arsène ne manquait de jouer les portiers quand elle rentrait ; même quand il boudait. Elle fut tentée de faire demi-tour, d'ouvrir sa porte à toute volée et de dégringoler les escaliers. La simple évocation de cette descente en accéléré fit sourdre en elle une immédiate sensation de déséquilibre, annonciatrice d'un de ces vertiges incontrôlables dont elle n'avait jamais pu se défaire.

Elle choisit donc l'attaque, et, raflant un parapluie comme arme de poing, elle traversa le salon. Rien ! Personne ! Un temps d'hésitation, le cœur en dehors de la poitrine, et elle bondit dans sa chambre comme une tortue Ninja débutante. Un homme l'attendait, avachi dans son fauteuil le plus avachi, Arsène ronronnant sur ses genoux. Le traître !

– J'ai failli attendre, déclama Samuel.

– Ah… c'est toi, dit bêtement Chloé sous le coup de l'émotion, et elle ajouta, à nouveau maîtresse d'elle-même, tu es entré comme chez toi !

– Non, je suis entré comme chez toi. C'était ouvert. En fait, j'ai voulu t'appeler d'en bas sur mon portable, plus de jus, alors j'ai tenté ma chance. Qu'est-ce que tu aurais fait à ma place ?

– La même chose.

Pour se faire pardonner, elle l'embrassa derrière l'oreille. Il se trémoussa comme une danseuse du ventre, avant d'indiquer l'ordinateur d'un coup de tête :

– J'ai vu que tu avais eu mon message (il sortit un paquet sur lequel il était assis) ; je t'ai amené les bouquins qui vont t'être utiles pour le cadre général de ta série de papiers. Il n'y a que sur les artistes où je n'ai pas grand-chose, mais ton pote le bibliothécaire...

– Lui, ou un expert en tableaux qui en sait pas mal. Mais attends que je te raconte tout ce que je viens de découvrir. Et toi, comment tu as eu tout ça en si peu de temps ?

– Secret professionnel.

– Secret maçonnique, oui !

– Il n'existe que dans les fantasmes des journalistes médiocres, des intégristes religieux et de l'extrême droite. Tous nos amis, quoi.

– Alors qui ?

– N'oublie pas que moi aussi je pige en presse, journaux et radio. Tous les espions savent que les informations les plus précieuses sont toujours disponibles et facilement accessibles. Seulement, il faut savoir recouper, et ça, c'est du boulot d'historien, chère consœur. Bon, à ton tour, comment as-tu fait ?

– Moi, j'ai choisi l'action.

Elle se percha sur un bras du fauteuil et raconta la galerie, le mort, les musclés, Louis et Gilles. Samuel écouta sans l'interrompre, fronçant les sourcils, concentré. Quand elle eut fini, un silence les sépara. Le jeune homme regardait les affiches de films et les dessins de presse qui ornaient les murs :

– Tu aimes les dessins de presse ?

– Oui, c'est la pensée qui va plus vite que le discours, et puis c'est drôle souvent, non ?

– Bien sûr (il pêcha sous le fauteuil une serviette de cuir noir et en sortit un carton), alors j'ai un cadeau pour toi (il lui tendit un dessin), c'est Daniel Maja qui me l'a donné dans la rédaction où j'ai bossé aujourd'hui.

Elle examina le dessin et s'exclama : « Super ! », avant de penser à la trogne que ferait Antoine s'il entendait son interjection « jeunâtre ». L'œuvre représentait trois hommes s'écrivant sur leurs dos respectifs à la manière des peintres Ripolin, assis à califourchon sur une vache, avec en légende : « Un écrivain suisse est un écrivain qui a beaucoup voyagé ». La légende lui rappela la sentence de Denis de Rougemont : « La Suisse est un robuste rosier sans épine ni fleurs ». Elle embrassa le dessin avant d'enlacer le cou de Samuel et de lui tomber dessus :

– Tu peux vraiment me le donner…

– Je lui dirai que son œuvre est chez une belle historienne humoriste.

Elle s'était redressée et le dominait, étirée comme une chatte. Il se plongea dans son visage au sourire encore émerveillé sous la tignasse courte et flambante ; il admira son corps à la fois robuste et attirant, s'égara du côté des seins discrets et agaceurs, descendit le long des jambes, discrètement. Pour échapper à son trouble, il reprit en désignant le mur :

– C'est curieux, il n'y a ni ta famille, ni ton pays natal ?

– Laisse-les où ils sont, grogna-t-elle, il n'y a que ma grand-mère Arlette qui pourrait figurer ici, mais je n'ai pas de photo d'elle. Elle a vécu là où je suis née, près de Courpière.

– C'est en Ardèche ?

– C'est dans le Puy-de-Dôme, patate ; je suis auvergnate et c'est sur les collabos en Auvergne que j'ai commencé ma thèse.

– Fouchtra !

– Tu peux te moquer, t'es d'où toi ? Sale type !

– Tu devrais dire « sale homme ».
– Pourquoi ?
– Tu ne connais pas cette blague auvergnate ?
– Vas toujours.
– C'est un gars de Clermont-Ferrand qui descend d'avion en Israël ; une hôtesse lui dit en souriant « Shalom » et il répond furieux « Châle femme ! »
Elle consentit à un léger gloussement, revint s'asseoir sur l'accoudoir craquelé du fauteuil, et demanda :
– Tu ne m'as pas répondu. Tu es d'où ?
– Du Doubs, ma Doudou : Morteau dans le Jura, à la frontière avec la Suisse.
– Le pays des saucisses ?
– Et du comté.
Elle apprécia et reprit :
– Tu veux boire quelque chose ?
– Non, merci. Il serait décent que je parte.
– Oui, car si tu restes (sa voix fléchit, plus sourde), ça risque d'être indécent.
– Oh !
– Choqué, le Suisse ?
– Frontalier.
– Alors, tu as peut-être quelque chose à déclarer à la douane ?
– Heu…
– Moi, je déclare que tu peux me faire une déclaration d'amour.
– Je ne suis pas un homme facile.
– Mais mon petit bonhomme, je suis une fille très difficile.
– Donc, c'est fichu, je ne sais pas faire de déclaration d'amour.
– Alors, fais-le moi, l'amour !

Elle l'avait pris aux épaules et l'avait attiré à elle. Il fit mine de se défendre :

– Tu es un peu jeune pour moi. Tu sais, j'aime les femmes mûres.

– Il faut transgresser ses tabous, Samuel. Antoine te l'affirmerait et Sade encore plus. Tiens, un maçon aussi franc que toi...

– Ah bon, je ne savais pas.

– Cette fois c'est moi qui t'étonne.

Elle parut soudain découragée :

– Décidément, je ne rencontre que des pervers : un vieux qui aime le fouet et un jeune gérontophile.

– Au fond, tu n'es pas si jeune que ça.

– Mufle !

– Je voulais dire...

Leurs bouches se soudèrent, leurs ventres se creusèrent et ils gagnèrent le lit. Vêtements de trop, jetés, roulés, déroulés, baisers des lèvres, bouches et sexes, découverte anxieuse, pressée, caresses, caresses, caresses, puis, sans qu'Arsène ait son miaulement à dire, Samuel s'insinua avec toute la douceur du monde en Chloé. Ils firent l'amour, glissement progressif du plaisir. Elle aima cette attention du sexe et du visage, elle sentit les vagues l'avertir d'une jouissance annoncée, ce fut lointain, puis déferlant et violent, plus bref pour lui que pour elle ; un plaisir partagé. Puis, toujours enlacés, d'un même corps ils dérivèrent dans des pensées fugitives, des bribes d'images surgies peut-être de tous leurs accouplements passés, ou de quelque autre origine plus mystérieuse associée à la bienheureuse petite mort.

Le téléphone sonna pour les séparer. Elle laissa la voix lointaine s'épuiser sur le répondeur. Ils basculèrent sur le dos, la lumière du jour déclinant balayait encore le lit avec insolence.

– Tu as faim ? demanda Chloé.
– Non, répondit son amant de tout de suite.
Et roulant dans un nouveau jeu de mains, ils furent emportés vers d'autres découvertes et une nuit complice.

# 7.
# LES FORCES OCCULTES

Le lendemain matin, après un petit-déjeuner enlacé, Samuel partit en catastrophe pour une émission en direct à la maison de la Radio, et Chloé entreprit de mettre de l'ordre dans ses fiches, qu'elle put compléter au fil des ouvrages procurés par le jeune homme.

Suivant une méthode très personnelle, elle étendit sur le sol les documents dans le plus grand désordre, parvenant cependant très vite à les réorganiser et les annoter en suivant l'histoire de la maçonnerie, de l'avènement de la III^e^ République à Vichy, pour former la trame d'une série d'articles qui succéderait au « papier » sur les artistes pendant l'Occupation. Virtuose de la collation d'infos et du copié-collé, elle entreprit même de taper des bribes d'historique :

« La commune, les maçons dans la rue, mais pas tous communards, sauf Jean-Baptiste Clément (elle fredonna les premières notes du *Temps des cerises*), Louise Michel (pas encore initiée, comme Eugène Pottier, l'auteur de *l'Internationale*), Jules Vallès, Ranvier, Camelinat... du beau monde. Six ans plus tard, la question de l'abandon du G.A.D.L.U. va créer le grand schisme maçonnique, avec le renoncement des membres du Grand Orient de France au Grand Architecte de l'Univers. Campagnes virulentes de l'Église catholique, excommunication des frères et sœurs jusqu'en 1883. C'est l'époque de l'affaire

Léo Taxil, petit escroc plumitif et farouche anticlérical borné, auteur du *Fils du jésuite* et *Les soutanes grotesques*, qui se refait une virginité mariale bénie par le pape, avec la publication de *La franc-maçonnerie luciférienne*, sur fond d'orgies et de messes noires dans les temples… »

– Mais c'est marrant tout ça ! se félicita Chloé, dommage que ce ne soit pas contemporain de mes recherches. Allez, on continue, Ferry et son âme damnée Ferdinand Buisson. Merci Samuel (petit soupir au souvenir de leurs étreintes) !

« La veille de la guerre, les frères fusillés en Espagne franquiste, emprisonnés au Portugal ; en France, la demande de fermeture des loges à l'Assemblée Nationale par Henriot, Vallat et Le Cour Grandmaison, votée quand même par cent députés en 1935. Pacifistes, démocrates et laïcs, les maçons sont éradiqués par les systèmes fascistes de l'Allemagne à l'Italie et par les communistes de tous pays unis dans un rejet dirigé par l'Union soviétique.

28 000 frères au GODF en 1939 et plus que 5 000 en 1945. Le nombre de morts impossible à reconstituer en l'absence d'archives. Les frères entrent en Résistance ou gagnent la France Libre, mais certain tournent casaques et seront d'abominables collabos, que l'on trouvera aussi bien dans la revue *Je suis Partout* que dans les "Je suis Parti" à Sigmaringen, minables compagnons de route de Céline, Cousteau (le frère) ou Rebatet. En 1943, le général de Gaulle, fort éloigné du mouvement, prend cependant les ordonnances qui annulent les lois antimaçonniques. »

Revenue à son article sur les artistes pendant la guerre et le mystère Grunberg, la belle pigiste acheva la préparation de sa copie dans l'après-midi, épuisée et affamée.

Sandwich au Lou Gascoun, ce super-pâté prisé par l'étudiant bordelais, que lui envoyait de Pessac son copain Jean-Louis Guénée. Verre d'eau. Café, café, café, douche, maquillage, string noir, pas de soutien-gorge, jupe courte tee-shirt et pull, encore un pull et hop, direction *Prométhée* !

Alors qu'elle passait le seuil de son appartement sous l'œil méphistophélique d'Arsène qui venait de bouder ses croquettes pour l'accompagner, elle revint à son ordinateur, le tira de sa veille, ouvrit son article et y ajouta un petit ballon d'essai sous forme d'encadré annonçant, dans la suite à venir, une révélation sur les tableaux disparus du marchand résistant et traficoteur.

Une petite heure plus tard, à la rédaction du journal, lorsque Crémieux eut achevé sa lecture ultrarapide, il la regarda par-dessus ses lunettes avec un petit sourire malicieux :

– Dis donc, ton encadré, ça me rappelle quelques ennuis que t'avait valus un coup de provoc du même genre dans mon paisible canard.

– L'affaire des massacres de Charonne ! Ça vous avait aussi valu une petite augmentation de tirage, non ?

– Ouais… Bon, je suppose que tu sais ce que tu fais.

Elle affirma qu'elle savait et demanda à s'isoler avec un téléphone. Elle avait besoin de parler à Antoine. Non pas qu'elle eût la moindre gêne par rapport à sa nuit avec Samuel. Il y en avait eu d'autres, il y en aurait d'autres. Chloé était une fille du XXIe siècle, libre, aimant l'amour à défaut d'aimer tout court. Et puis sa relation avec le bibliothécaire comportait tellement de facettes.

– Tonio ?

– Ma bougnate adorée.

– C'est drôle que tu me dises ça. Samuel…

– Ah dis donc, tu as été vite avec celui-là.

– Jaloux ?

– Un peu oui, je te présente ce salaud de jeune parce qu'il m'a juré qu'il détestait la chair fraîche, qu'il faisait la sortie des maisons de retraite avec un imperméable acheté à un exhibitionniste de mes relations… (Il ajouta après un silence), tu sais que j'ai pensé à toi du profond de mon enfer archival ?

– Heureusement.

– Je veux dire que j'ai trouvé quelque chose concernant la galerie Grunberg après la guerre. Un catalogue de Balthus, ce Balthus que j'aime tant…

– Vieux cochon.

– Dis-le moi encore.

– Naaaaaaaaaan !

– Le catalogue a été établi par celui qui avait racheté la galerie à la ville de Paris, propriétaire des lieux à la libération.

– Je le sais.

– Grâce à ton godelureau ?

– Oui.

– Ce qu'il y a d'intéressant, fillette, c'est que pendant la guerre le fonds Grunberg est passé dans les mains d'un commissaire-priseur, un dénommé Patrice Malucheau…

– Non ! Je crise ! Malucheau !

– Tu sais qui c'est ?

– Je t'expliquerai. Ça serait peut-être utile de savoir ce que ton amazone de Geneviève Machin a pu apprendre sur lui quand elle a acheté la galerie.

– On en parlera au vernissage. Au fait, tu veux un carton pour bébé Samuel ?

– Un peu que j'en veux, mon p'tit quinqua.

Elle chantonna « Mon p'tit quinqua… mon p'tit quinqua » sur l'air de la complainte nordiste : un vieux souvenir d'une certaine Lisette, fillette exilée du « chnor », qui chantait sa nostalgie à longueur de récréations dans la cour de l'école de Vollore-Ville dans le Puy-de-Dôme profond. Puis elle changea de ton et poursuivit, sérieuse :

– Antoine, il faudrait tout de même que Cohen nous lâche quelque chose. Non ? !

– Il ne le fera que lentement, c'est sa perversion à lui, ça.

– Un pervers pépère cardiaque au grand cœur, qui n'est pas là que pour Sade.

– Fais gaffe mignonne ; et si tu laissais tomber Grunberg et compagnie, pour te consacrer à tes francs-maçons ?

– Tu me connais non ? Et puis je ne veux pas te laisser dévorer par ta pétroleuse.

– En tout cas, compte sur moi, comme d'habitude.

– Tu viens à la conférence d'André Combes sur la maçonnerie et la Résistance ce soir ?

– J'essaierai, mais… enfin Geneviève m'a invité à une séance de bondage… Du beau nœud, du superbe.

Elle raccrocha en riant avec indulgence et regarda sa montre : elle avait deux bonnes heures avant de retrouver la rue Cadet et le GODF. Elle les passa dans un cinéma du Quartier latin, tout près des Infortunes de la vertu, où elle hésita à replonger dans les méandres infinis du *Mulholland Drive* de David Lynch, avant de découvrir un des films cultes d'Antoine : *L'année dernière à Marienbad* : scénario d'Alain Robbe-Grillet, réalisation d'Alain Resnais, du noir et blanc mélancolique et mystérieux comme le visage de Sacha Pitoeff ou la voix de Delphine Seyrig. Quand elle sortit, elle avait faim et il était l'heure de la conférence. Elle acheta un pain au chocolat qu'elle mangea dans le métro.

Comme la première fois, Samuel l'attendait dans la rue. Ils entrèrent parmi des hommes et des femmes dont une bonne partie prit le même chemin qu'eux : celui du plus grand des temples, qui pouvait contenir près de cinq cents personnes. Samuel lui précisa :

– Tu ne vas pas assister à une véritable réunion maçonnique, car il n'y aura pas de déroulement de nos rituels, et les frères de l'atelier qui nous reçoivent ne porteront pas toutes leurs décors…

– Décors ?

– Tabliers, gants et baudrier. Mais les officiers…

– Les officiers ?

– Ne m'interromps pas tout le temps.

– Je suis journaliste, non ?

– D'accord, d'accord. Je disais que les officiers, ceux qui dirigent la loge, occuperont les postes qui sont les leurs pendant une tenue régulière et porteront leurs cordons.

– Des vrais arbres de Noël.

– Ce n'est pas de saison.

Ils entrèrent dans la salle pleine à craquer. Désignant les symboles qui l'ornaient, le jeune homme demanda :

– Ça t'intéresse, j'explique ?

– Explique.

Il expliqua, tandis que la jeune femme découvrait les lieux – plus proches d'un temple antique que d'une Église – dont elle avait vu des photos dans la documentation que lui avait remise son compagnon.

Sans une seule note, André Combes retraça l'historique du mouvement maçonnique dans la tourmente de 1940. Chloé sortit son carnet pour happer au passage quelques éléments nouveaux. Le conférencier conclut que les francs-maçons avaient mis longtemps à se guérir des blessures de la guerre, d'où l'évolution du mouvement – lié aussi aux bouleversements d'une société libérée – du secret vers le discret. Des questions fusèrent, un livre venimeux venait de sortir, on parla magouille et politique et l'historien rappela qu'il n'y avait pas d'enjeu propre à un mouvement qui n'avait pas à agir en dehors de ses temples. Les frères dénoncés comme invisibles par la presse, l'étaient surtout dans les loges, où ils ne pouvaient que s'ennuyer à parler philosophie, symbolisme ou humanisme. Puis le conférencier présenta le film *Forces occultes*, financé par les Allemands et Vichy, dans le cadre d'une opération de propagande comprenant également une exposition, qui démarra au Petit Palais et tourna en France avec un immense succès. Chloé notait avec application, relevant même l'intégralité du texte de l'affiche du film, que lui lisait Samuel :

« *Forces occultes*, une réalisation Nova Film présentée par Robert Muzart : Les mystères de la franc-maçonnerie pour la première fois dévoilés. »

– Ça rappelle Léo Taxil, commenta la jeune femme.

– Ah, tu connais déjà ça ? !

– Je travaille, mooossieur !

– Sur la doc de qui ?

– C'est vrai ça, je crois bien que je ne t'ai pas remercié.

– On continue : « Scénario Jean Marquès-Rivière, [ancien maçon et ami de Faÿ], réalisation Paul Riche, [alias Jean Mamy, encore un ex], avec Marcel Vibert, Boverio, Maurice Remy, Gisèle Parry… »

– Attends, pas si vite !

– Ne t'en fais pas petite Chloé, j'ai aussi l'affiche et même le synopsis, tiens !

Il lui tendit un dépliant comportant un résumé :

« Ce film réaliste met en scène un jeune député honnête et idéaliste, corrompu par un juif franc-maçon, qui le fait entrer dans une loge d'affairistes et l'entraîne de compromissions en bassesses, jusqu'à ce que le héros se révolte et s'apprête à dénoncer cette bande de profiteurs et traîtres à la patrie, qui devront le liquider pour couvrir leurs turpitudes… »

Avant que Chloé ait pu achever sa lecture, l'orateur céda la place à la projection, et les deux jeunes gens, retrouvant des réflexes d'adolescents profiteurs des salles obscures, manquèrent quelques scènes pour retrouver leur bonheur de la veille.

À la sortie, Chloé se souvint :

– Tu sais que j'ai du nouveau sur l'affaire Grunberg ; ça concerne Malucheau, il aurait fricoté avec la veuve.

– Comment tu l'as su ?

– Antoine.

– Ah, bon.

– Non mais… tu ne vas pas bouder toi aussi.

– Et pourquoi pas ?

Ils s'embrassèrent, puis s'engouffrèrent avec un chausse-pied dans la pizzeria où ils avaient déjà déjeuné. L'endroit pullulait de maçons, car Samuel distribua bises et poignées de main pendant au moins dix minutes, tandis que le voisin de Chloé en profitait pour lui couler un œil de velours et lui susurrer d'une voix au charme oriental :

– C'est vous la journaliste, vous connaissez le Liban ?

– Non.

– C'est dommage, là-bas les journalistes sont toujours gâtées.

– Vous êtes dragueur ou cinéphile ? sourit la jeune femme.

– Seulement Libanais, répliqua l'homme avant que Samuel ne l'embrassât à son tour.

Assez tard dans la nuit, le dernier métro les ayant oubliés, ce fut l'autre voisin de Chloé qui se proposa pour reconduire les jeunes gens chez Samuel.

L'homme se coiffa d'un chapeau noir et enfoui son visage dans une longue écharpe, qui ne laissa plus s'échapper qu'un regard sombre.

– Vous me faites penser à Aristide Bruant, remarqua la jeune fille tandis qu'ils démarraient.

– C'est rien que l'écharpe et le chapeau, moi je dirais plutôt « maquignon auvergnat », grogna Samuel.

– Ah, vous êtes aussi… ? laissa Chloé en suspens.

– Si tu savais combien il y en a dans ma loge, gémit son compagnon.

## 8.
## POÈMES AFGHANS

Dans le début de semaine qui suivit, Samuel et Chloé se revirent à plusieurs reprises, sans vraiment faire avancer ce que la jeune femme appelait de plus en plus « son enquête ». Ce qui ne l'empêchait pas de poursuivre en parallèle son dossier historique. Quelques jours avant le vernissage, le jeune homme dut partir dans sa famille à Morteau, avec promesse de revenir pour la soirée tant attendue aux Infortunes de la vertu.

Il n'y eut aucune réaction à l'encadré de Chloé dans *Prométhée* et elle en fut déçue. Mais tout le monde ne lisait pas ce magazine au tirage plutôt modeste, et de toute façon, quel lien y avait-il vraiment entre la galerie version XXIe siècle et celle de Grunberg sous l'Occupation ? Ne fantasmait-elle pas à partir d'une série de coïncidences reliant un sujet historique et quelques fantômes aux destinées fumeuses qui avaient traversé fugacement leur époque en y laissant des traces incertaines ?

En fait, forte de quelques expériences passées, la jeune femme attendait avec crainte et excitation un signal qui n'était pas venu : elle n'avait rien réveillé, elle ne dérangeait personne. Depuis ses précédentes aventures, elle avait acquis par ailleurs une véritable expertise dans l'art de déceler les suiveurs et les espions, et personne, mais alors personne, ne l'avait suivie ou observé depuis une semaine. C'en était vexant !

Pour nourrir ses soupçons, il lui restait tout de même un meurtre, la confusion d'une galeriste, un regard chargé de noirceur, un type en scooter et un autre au visage en lame de couteau. Tout ça pouvait ne concerner qu'un dénommé Louis Cohen et les multiples embrouilles auxquelles sa vie d'artiste et d'exilé avait pu le mêler, et dont elle ferait mieux de se tenir éloignée. Mais dans ce cas, pourquoi toutes ces allusions du vieil homme ? Ces embryons de révélations ? Là encore, elle avait une réponse. L'expert connaissait par Antoine sa ténacité de journaliste, son courage et son idéalisme, et il lui réservait une affaire dont elle n'avait sans doute que faire. Pour le moment !

Officiellement très occupé par les derniers préparatifs de l'exposition Sade et en particulier l'édition du catalogue, Antoine ne se manifesta guère dans les jours qui précédèrent l'événement auprès de sa jeune protégée ; mais Chloé fut persuadée qu'il devait beaucoup fréquenter *off record* la fameuse Geneviève. La jeune femme tenta à plusieurs reprises de joindre Louis Cohen, mais il ne répondit jamais à ses messages. Ce fut donc rongée par un de ces états dépressifs qu'elle trimballait depuis son enfance, que Chloé finit par appeler au secours le bibliothécaire. Il s'exécuta immédiatement, alarmé, heureux de lui venir en aide. Il l'invita chez Afghani, un des rares restaurants afghans de Paris, situé tout près de la basilique de Montmartre. Connaissant son Tonio, elle s'étonna du choix de l'établissement :

– C'est branché maintenant la cuisine afghane ?

– Tu sais bien que je me fiche de ça, ma délicieuse. J'ai eu l'adresse par un spécialiste de la région. Encore un historien… ironisa-t-il en tenant galamment la chaise où s'asseyait Chloé… et jeune… et Afghan. Un dénommé Assem Ackram[1], qui m'a déposé dans mon enfer un recueil de landaï racontés par Haroun Assefy : des textes pachtoûns en forme de haïku, qui célèbrent un érotisme caché.

Antoine sortit un petit carnet et lut :

– « En secret je brûle, en secret je pleure

Je suis la femme pachtoû qui ne peut dévoiler son amour.

Hier soir j'étais avec mon amant, ô veillée d'amour qui ne reviendra plus !

Comme un grelot, avec tous mes bijoux, je tintais dans ses bras jusqu'au fond de la nuit.

Apprends à manger ma bouche !

Pose d'abord tes lèvres, puis force doucement la ligne de mes dents.

Gens cruels, vous voyez qu'un vieillard m'entraîne vers sa couche

Et vous demandez pourquoi je pleure et m'arrache les cheveux.

Demain les affamés de mes amours seront satisfaits

Car je veux traverser le village à visage découvert et chevelure au vent. »

– C'est brûlant tout ça, tu me le présentes ton pachtoû ? sourit la jeune fille.

– Assem est tadjik, mais Haroun est pachtoû.

– Beaux garçons ?

– Ils habitent loin d'ici maintenant.

Déçue, Chloé voulut reprendre le dessus :

– Tu lui lis des poèmes orientaux à Geneviève ?

– Nos relations ne sont pas poétiques, répondit-il avec cynisme, avant d'embrasser sa roussette dans le cou ; comme un vampire, murmura-t-il en y mettant les dents.

La cuisine afghane ressemblait un peu à celle des Indes, en plus simple et moins épicée. Ils apprécièrent, en parlant de la condition des femmes après les Talibans, de la poésie érotique persane, de l'art de la miniature née à Herat, comme le soufisme si détesté par les intégristes islamiques.

– L'émir Abdel Kader, précisa Antoine, celui de la prise de la smala par le duc d'Aumâle et le maréchal Bugeaud...

– L'as-tu vu la casquette, la casquette... le coupa Chloé, qui ajouta : Une bataille immortalisée par Pierre Dac et Francis Blanche un soir de cuite à Lyon...

– Encore un maçon ?

– Qui ?

– Pierre Dac.

– Tu me parlais d'Abdel Kader.

– Eh bien oui, un maçon aussi et un grand penseur soufi.

Après avoir bu un thé noir, le bibliothécaire proposa d'aller rêver Paris devant la basilique. Elle accepta, et ils remontèrent la rue Paul-Albert dans la douceur d'une vraie soirée d'été. Au sommet du jardin public, tandis qu'il commentait la plongée dans le labyrinthe illuminé de la ville, tachée de bleu et piquetée de jaune en hommage à Magritte, elle demeura muette. Antoine, après lui avoir proposé des horreurs pour lui arracher un sourire, finit par s'inquiéter :

– Tu penses à ton petit historien ?

– Non, répondit-elle, je pense au tronc de la veuve.

Laissant le bibliothécaire perplexe, alors qu'elle repartait, comme le soir de leur dîner au Mont-Blanc, dans un film en noir et blanc, sous les éclairs d'un bombardement allié dans une banlieue parisienne, attentive à la vue d'une silhouette, au bruit d'une course, au claquement d'une portière et au ronflement d'un moteur ; affolée par l'embrasement soudain d'une maison proche, qu'aucun projectile n'avait pourtant touchée ; fascinée par les flammes, l'explosion des vitres, l'effondrement du bâtiment sans qu'aucun secours ait pu intervenir ; mêlée à la précipitation de voisins courageux, et partageant leur horreur, dans les décombres d'une pièce à ciel ouvert, devant le corps d'une femme en partie carbonisé.

Chloé frissonna :

– On rentre, mon Tonio. C'était une belle soirée, j'en avais besoin. Merci.

Ils n'allaient pas se revoir avant le vernissage.

Si aucun des articles de la jeune femme ne lui valut d'ennuis, ils déclenchèrent les félicitations de son rédacteur en chef, qui la pressa de continuer ses livraisons. Elle replongea dans ses notes et ses fiches.

Fidèle à son personnage énigmatique, Cohen appela la jeune femme la veille du vernissage, pour s'assurer qu'elle serait bien là. Elle voulut l'informer de ses découvertes, il l'en empêcha :

– Plus tard, ma petite, plus tard, mais continuez. Vous continuez n'est-ce pas ?

– Oui.

– C'est bien, ça va gagner du temps.

– Pour qui ? Pour quoi ?

– Vous allez savoir. Mais, dites-moi, êtes-vous prudente ?

– Non.

– C'est très bien. À demain, petite Chloé.

## 9.
## SOUS LE VERNIS, ÇA CRAQUE !

Antoine conduisit Samuel et Chloé au vernissage. Ce vendredi de juillet était enfin au rendez-vous de l'été : il faisait chaud avec nuance, une chaleur pastel, propice à la contemplation des œuvres d'art et à la paix des âmes. Les trois occupants de la voiture se vautraient dans la banalité comme s'ils s'entraînaient à l'attitude de parfaits salonnards : le temps, les embarras de Paris, le mariage dans la cathédrale de Chartres de la sœur de Samuel avec un moniteur barbu de vol à voile, et autres bourdonnements de peu d'importance. Chloé tenta d'agresser Antoine sur l'aspect sulfureux et branché dérisoire de la soirée. Mais rien ne pouvait altérer l'humeur du bibliothécaire, qui défendit l'exposition avec bonhomie :

– Tout ce que vous verrez ce soir ne sera sûrement pas du meilleur goût, mais je peux vous assurer que ce sera une occasion, en ce qui me concerne, de faire découvrir qu'au-delà des clichés Sade fut un penseur d'une puissante originalité.

– Je me doutais, affirma Samuel, qu'un franc-maçon ne pouvait pas être totalement mauvais.

– La littérature n'a pas pour objet la compassion et le bonheur des peuples. Elle décrit les individus et les groupes tels qu'ils sont, avec leurs fantasmes, leurs folies, leur fascination pour la cruauté et le drame. Ce n'est donc pas sur le plan moral que je me hasarderais à défendre le marquis, répondit le bibliothécaire.

– Que peut-on dire pour sa défense… attaqua la jeune fille… ses années de prison ? Il les a méritées, non ? Il a enlevé des gamines et les a violentées autant que je sache. Il était asocial et il a toujours refusé de s'amender.

– Tu l'as dit ; c'est dans ce refus qu'il est intéressant, dans cette volonté d'affirmer une liberté totale, jusqu'à l'excès, face aux normes de la société. Il fut le premier à montrer que la sexualité, le désir, la violence dépassaient l'homme, sa raison, sa morale, tout comme le dépassaient les forces destructrices de la nature.

– Je n'aime pas ce personnage, il me rappelle le Caligula de Camus, qui meurt pour avoir raison contre tout le monde. Mais tous les deux étaient des fous, et qu'est-ce que la raison des fous et des asociaux ?

– Un excès de raison est proche de l'insignifiance, paraphrasa Samuel en pensant à Chateaubriand.

– Bof, gémit Antoine, c'est sûr que face à cet excitant monsieur Ferdinand Buisson.

Antoine finit par avouer qu'il avait le trac, il y avait longtemps qu'il n'avait plus assumé la responsabilité d'une exposition. Alors Chloé plaisanta sur la nécessité d'assurer sur tous les plans de cette soirée.

– Épater la galerie, quoi, ajouta Samuel.

– Toi, le faux derche, avec ton pape de l'école buissonnière… riposta le bibliothécaire.

Et dans les coups de gueule et les éclats de rire, ils redevinrent eux-mêmes, Paris les laissa passer et Les Infortunes de la vertu illuminée comme un soir de huit décembre à Lyon, leur jeta au visage l'éclat de sa façade poudrée.

Dehors, la douce chaleur, dedans, la fournaise, malgré les lumières froides. L'assemblée hétéroclite et parisienne avait déjà emmagasiné assez d'alcool et échangé suffisamment de propos énergétiques pour faire monter la température. Chloé essaya de deviner en quoi les invités de l'arrière-boutique pouvaient se différencier de ceux de l'avant-garde. Elle ne réussit qu'à identifier les deux ex-tee-shirt men reconvertis en costumes sombres et nœuds papillon, qu'elle baptisa en un éclair Scooter et Costard, mais elle n'aperçut ni Lame de couteau ni la galeriste confuse. Des serveuses *topless* entravées dans des chaînes d'opérette slalomaient avec plateaux et bonne humeur entre des pognes graveleuses et des regards envieux. Samuel hasarda qu'il avait l'impression d'entrer dans une boîte de nuit : « Boîte de nuit ! Boîte de cul, oui ! » s'esclaffa un type à catogan genre presque artiste, dont la tirade se perdit dans le brouhaha.

Pour faire diversion, Antoine désigna l'affiche à ses compagnons – un patchwork de tableau de Man Ray et de livres anciens – avec pour titre *Sade is not so sad.*

– C'est Louis qui a trouvé ça, commenta le bibliothécaire, comme pour s'excuser du jeu de mots bilingue.

De fait on parlait pas mal de langues étrangères autour d'eux et Chloé fut tentée d'évoquer celle utilisée dans les soirées de l'arrière-salle, mais elle n'en fit rien pour ne pas en rajouter dans le vulgaire comme aurait dit l'humoriste Bigard. De toute façon sa tentative serait tombée à plat, car elle s'aperçut soudain qu'Antoine les avait plantés là, pour filer vers un petit groupe agglutiné autour d'une petite femme brune coiffée Louise Brook, sèche mais bien roulée, les lèvres aussi fines que le fil d'un rasoir, ce qui devait être la marque de céans. C'était bien Geneviève Neyret, perchée sur des escarpins pointus comme des menaces, vêtue d'une robe longue noire, étranglée d'une ceinture rouge à la taille et zébrée de blanc sur la poitrine par un pectoral aux formes de femmes enchaînées.

La maîtresse de maison portait sa cinquantaine sans impact ménopause, tout en pérorant devant quelques journalistes à qui elle présentait l'expert ès enfers des bibliothèques. Chloé attrapa au vol une coupe de champagne et voulut faire un commentaire, mais à nouveau elle s'aperçut qu'elle venait d'être trahie par son autre homme. Samuel avait été attiré par un attroupement qui se formait autour d'une des œuvres présentées dans la deuxième aile de la galerie. Elle le rejoignit au milieu d'esthètes en admiration devant une de ces installations – figures imposées de l'art contemporain – intitulée « Poignez vilaine, elle vous oindra ». Bien que non spécialiste d'Histoire médiévale, Chloé commenta à l'oreille de son amant d'une demi-semaine : « Oignez gentil, il vous poindra. » Il sourit, sans lâcher des yeux l'installée : une belle plante blonde nue à gros seins et fesses égales, en cache-sexe de cuir noir, strangulée de lanières de même espèce. Belle performance physique de la jeune fille ainsi martyrisée, souriante, jaune peut-être, à qui l'on pouvait jeter des cacahuètes ou donner des coups d'un de ces fouets courts utilisés par les cavaliers afghans rendus célèbres par Kessel. Quelques stries roses du plus délicat effet décoraient déjà la peau de l'œuvre d'art. Chloé aurait bien fouetté quelques voyeurs congestionnés de plaques rougeâtres, mais elle ne pouvait se permettre un scandale. Pas tout de suite. Alors, à l'instar d'un groupe de connaisseurs, elle se mit à genoux sur un immense tapis turc pour découvrir au plafond l'autre manifestation artistique dominante de la soirée : une vidéo réalisée par la célèbre plasticienne Chrystelle Pareil-Stine, qui dévoilait une série d'hommes nus en perruques poudrées, tapant en ahanant sur des ordinateurs des contes douteux, dont les textes s'affichaient au bas des écrans.

Un galant monsieur en habit de soirée, long et blême comme Don Quichotte, aida la jeune femme à se relever et l'invita à découvrir les grands croqueurs érotiques sur les cimaises de la première aile de la galerie. Il commenta en amateur éclairé les gravures d'Aubrey Beardsley, Fernand Khnopf, Félicien Rops et d'autres obsédés du sexe dru, avant de se déclarer incompétent devant un triptyque de triangles et cercles noirs sur fond blanc et liserés rouges intitulé : *Sceau d'Homme, Sot d'Homme, Seau d'Ohm.* Un brusque mouvement de foule emporta l'amoureux du sexe symbolique : une sculptrice, femme d'un ex-ministre, venait de faire son entrée. Chloé se retrouva seule face au fameux phallus en panne de Jean Le Hir : *Vit éternel*, désignant de toute sa mollesse jalouse une statue de gnome priapique de Pierre Krovignoux, dont la virilité furieuse invitait à passer au-delà d'un paravent décoré de fresques érotico-pompéiennes pour admirer un panneau entièrement consacré au peintre Clovis Trouille.

Chloé se laissa cette fois séduire par les œuvres kitsch du peintre naïf adopté par les surréalistes, dont une bonne partie du travail fut consacrée, si l'on peut dire, à un anticléricalisme primaire, à Éros et au divin marquis. Trois tableaux étaient commentés par l'artiste lui-même, sur des étiquettes collées aux cadres.

Il décrivait ainsi avec minutie le paysage de *La luxure* : « Le divin marquis, devant son château de la Coste, accoudé à une table tient un fouet (qui est aussi un phallus). Remarquez les boucs diaboliques et lubriques. Il est entouré de femmes nues en bas vert ou violet dont l'une est enchaînée. »

Dans *Justine,* il présentait : « Une femme nue enlacée à un poteau phallique par la queue d'un lion devant des écorchés morts ». La toile intitulée *Voyeuse* exhibait en abîme une partie de *La Luxure* et révélait une jeune fille style années cinquante (entre Brigitte Bardot et Gina Lollobrigida) ouvrant la toile d'un cinéma de foire pour regarder un spectacle « interdit aux moins de cinquante ans ». Il y avait encore un hommage aux vingt-sept années de prison du marquis sous le titre *Le poète rouge.* Mais avant qu'elle entreprît d'en lire le commentaire, elle accepta d'une serveuse en guêpière un verre d'un alcool fort et blanc, qu'elle n'identifia pas mais but d'un trait.

Le résultat fut immédiat. Elle se sentit peu à peu décalée du réel : les sons et les images lui parvenant avec retard et sans raccord direct avec ce qu'elle voyait. Des bribes de phrases s'enchevêtraient :

– Daniel Auteuil est bien en Sade, mais le film est quelconque…

– Il a dit « Je ne suis pas consolant, je suis vrai ».

– *Ecce porcus…*

– *I'd like to piss, where are the toilets in that bloody gallery ?*

– Quelle heure est-il ? Il est minuit.

– Ah, mon vieux … Joli cul, mon vieux.

– Qui, lui ou elle ?

– La, lalalalala. La, lalalala.

Lorsqu'elle entendit une voix grave lui proposer un petit jeu avec des allumettes, elle comprit qu'elle était passée au-delà du réel, dans le monde des hallucinations auditives, mais peut-être que pour une cinéphile comme elle, Sacha Pitoeff était sorti de l'écran de *L'année dernière à Marienbad,* devenue Marienske Lasne, pour la séduire à la manière du héros en deux dimensions de *La Rose pourpre du Caire,* créatures des moments de fatigue ou de délire incarnées dans nos trois dimensions.

Elle se retourna et Sacha rangea ses allumettes pour s'effacer devant Samuel, qui étala sa science :

– Trouille était un protégé d'André Breton, qu'il peignit aussi bien aux côtés de Lautréamont que de bonnes sœurs troussées au-dessus de leurs bas noirs. Tu sais qu'il a représenté dans une de ses toiles un cul féminin baptisé *Oh quel beau cul qu'tas* et contracté en *Oh Calcutta !* devenu célèbre grâce à une comédie musicale.

– Sacré Clovis, grimaça la jeune femme en rougissant sous l'effet d'un deuxième verre d'alcool, qui traçait un chemin de feu de sa gorge à son ventre.

– On pourrait peut-être aller voir les livres, non ? Antoine ne le mérite pas mais quand même.

– On y va.

Mais Samuel y alla seul, car sur la première marche de l'escalier Chloé, sous l'emprise de l'alcool, fut submergée par une vague vertigineuse qui la contraignit à s'adosser à un mur, déséquilibrant le dessin coquin d'un Pan et d'un Bacchus plus ivres qu'elle, figés dans une même offrande de leurs coupes de vin tendues à Chloé, pendant que deux nymphes les turlutaient sans se préoccuper de la voyeuse ivre. Ce fut dans ce tournis écœurant et sensuel qu'elle entrevit Lame de couteau, qui entrait dans la galerie derrière Louis Cohen. Elle ne fut pas certaine de ce qu'elle avait vu. Étaient-ils ensemble ? Ou avait-elle fait le lien un peu vite ? Les mouvements browniens de la foule l'empêchèrent de suivre l'un ou l'autre des deux hommes et malgré le vertige persistant, elle se décida à descendre dans une superbe crypte voûtée, qui abritait les livres présentés dans des vitrines.

Samuel avait à nouveau disparu. « Décidément, pensa Chloé, la soirée tient plus de Feydeau que de Sade ! » Elle haussa les épaules et se pencha sur les livres : Reliures romantiques XIX<sup>e</sup>, emboîtages d'art XX<sup>e</sup>, de *Justine ou l'infortune de la vertu* à *Juliette et les Cent vingt journées de Sodome* en passant par *Aline et Valcour* ou *La Philosophie dans le boudoir.* D'autres ouvrages voisinaient avec le marquis, comme *Rue de la femme à cent têtes* de J.-B. Evette, ou traitaient du cas de Sade, écrits par des analystes littéraires ou des psychiatres : *Le divin sur le divan* de S. et N. Fiorina, *Cauchemar, nigthmare, plumard, braquemart* par Richard Albert... Et bien entendu les ouvrages de Michel Brun et Annie Le Brun. Parvenue à la moitié du parcours, la jeune femme découvrit une deuxième descente, ce qui expliquait l'absence de Samuel. De l'escalier surgit Geneviève Neyret qui fendit la foule droit sur Chloé, qu'elle prit sans un mot par le poignet pour la diriger avec fermeté du côté d'où elle avait surgi. Chloé, qui n'était plus totalement stable, trébucha à plusieurs reprises, mais littéralement aspirée par la galeriste, elle franchit la porte de la boutique et parvint à la frontière interdite par le diabolique rideau cramoisi. La jeune fille eut assez de lucidité pour entrevoir la porte de la petite salle où avait été tué le prénommé François, et s'imaginer le temps d'un flash le corps du jeune homme, avant que Geneviève Neyret, desserrant ses lèvres sur un sourire authentiquement sadique, désignât à sa victime embrumée la pénombre d'une pièce immense dans laquelle elle la poussa, avant de retourner refermer le rideau sur elles.

De hauts murs étaient entièrement tapissés de tentures noires, que des appliques supportant des flambeaux éclairaient en tremblant. Le sol de dalles noires et blanches était en partie recouvert de tapis rouges et feuillus. Le spectacle était au centre de la pièce. La fille rencontrée lors de la visite à la galerie, entièrement nue, était juchée sur un chevalet reproduisant un de ces délicieux instruments de torture en usage aux temps bénis de l'Inquisition et des rois de France. Un homme en hauts de chausse, veste de cuir et cagoulé comme un bourreau, s'empressait autour de la femme qui souriait curieusement. Autour d'eux étaient alignés une dizaine de messieurs aussi dénudés que la victime et parmi ces infâmes : Antoine et Samuel.

– Voyez vos amis, dit Geneviève, n'avez-vous pas envie de participer à ces petits jeux extrêmes ? Ça change du monde des morts vivants.

Chloé ne répondit pas et son interlocutrice n'insista pas ; elle parut même l'oublier pour s'avancer vers le groupe et faire un signal à l'exécuteur, qui sortit une bouteille d'alcool d'un panier et en introduisit le fin goulot dans le sexe de la torturée, dont les jambes furent écartées en une posture gynécologique. Avant de vomir, alcool ou dégoût (ou les deux ?), Chloé eut la satisfaction de constater que l'appendice de Samuel était le seul à ne pas être en extase ; puis elle croisa le regard de la femme au sexe alcoolisé et y lut une lueur soudaine d'angoisse. Mais les spasmes qui la secouaient lui ôtèrent soudain toute force, toute velléité courageuse, et ne lui permirent que de fuir, honteuse et révulsée, s'arrachant à l'étreinte des rideaux pour regagner l'exposition, qui commençait à se vider de ses amateurs, repus et satisfaits.

Elle fut alors tentée de fuir le mal par le mal et – la gorge amère de bile et de fiel – elle prit une coupe de champagne sur une table où s'étalaient les reliefs d'un buffet auquel elle n'avait pas touché, lorsqu'une une main se posa sur son épaule comme une caresse.

– Je suis sûr que vous n'avez pas vu la seule toile qui vaille la peine ce soir.

Louis Cohen se tenait à ses côtés, souriant, élégant, bien qu'il flottât dans un costume noir comme dans sa blouse de la semaine précédente. Elle insista pour se saisir du verre mais il reprit :

– Êtes-vous bien en état ?

– Qu'est-ce que vous en savez ?

– Je sais beaucoup de choses.

– Par exemple ?

– Que vous tremblez et que vous pensez à un cadavre peu exquis…

– Quel cynique vous faites !

– … et que vous avez été là-bas… Il montrait l'arrière-boutique.

Elle le suivit alors docilement tout près de l'entrée où tout un recoin était occupé par un seul tableau : le *Portrait imaginaire de D.A.F. de Sade* par Man Ray, représentant le visage du marquis sculpté dans une pierre vivante sur fond de Bastille en arrière-plan. Mais Chloé n'était plus en état de s'intéresser à quelque œuvre que ce soit et elle explosa :

– Je m'en fiche de vos peintures, et de ce putain de Sade et de tous ces pervers ! J'en ai marre, Louis ! J'en ai marre ! Emmenez-moi loin de cette salope de sadique, de cet enfoiré de Sam, et de Lame de couteau.

Il l'interrompit :

– Lame de couteau ?

– Vous savez très bien de qui je veux parler… et puis après tout vous n'êtes pas très net vous non plus !

Elle avait haussé le ton et quelques personnes se retournaient vers eux. Sans perdre son sang-froid, le vieil homme lui reprit l'épaule dans un véritable mouvement de tendresse et lui glissa à l'oreille :

– D'accord, je vous emmène, sinon mon carrosse se transformera en citrouille.

Ils sortirent et trouvèrent à l'extérieur un petit vent chargé d'un reste de fraîcheur oublié par les jours passés. Chloé s'y abandonna et pesa de tout son poids sur son compagnon, qui fléchit mais ne rompit point. Dans la rue, quelques ombres grandissaient sur les façades et leurs pas claquèrent comme dans un décor de film expressionniste allemand. Louis fit remarquer avec cette extraordinaire acuité qui semblait lui permettre de s'introduire dans les pensées les plus diffuses :

– Les Allemands étaient aussi des artistes.

Et Chloé, les sens exacerbés par l'alcool et la fatigue, n'eut aucun mal à exprimer ce qu'elle ressentait également :

– *M le maudit* ? Encore un pervers !

Il acquiesça et les ombres complices se succédèrent, et *M le maudit* rôda, et Grieg siffla son *Peer Gynt* en accélérant le rythme au fur et à mesure de la montée des pulsions de mort du tueur en série limitée, et la jeune femme eut peur que tout ceci ne devint vrai. Toujours enlacés comme deux amoureux, ils parvinrent ainsi à la voiture de l'expert, dans laquelle ils montèrent avec un bel ensemble.

## 10.
## LES TARÉS DE NOTRE-DAME

Dans la voiture, soudain lucide mais toujours embarquée dans son vertige, Chloé eut froid et se mit à claquer des dents. Louis Cohen sollicita le chauffage qui ne répondit pas ; il s'arrêta alors et en parfait gentleman enleva sa veste pour en couvrir les épaules de sa passagère, qui le remercia et ajouta :

– Scooter et Costard ne nous suivent pas ?

– Scooter et…

– Les clowns de la galerie.

– Ah… non. Ils savent où nous allons ; ou plutôt, ils savent où je vais.

– Louis, ne me dites pas que vous êtes complice de la foire artistique de ce soir ?

– Je suis un honorable expert en tableaux, installé à San José, Californie, depuis que les nazis m'ont demandé d'aller dégénérer ailleurs.

– Mais encore…

– J'ai rassemblé les œuvres de Clovis Trouille dans une perspective sadienne, ce qui n'a pas été facile, et j'ai obtenu le Man Ray de la collection Ménil à Houston, Texas. Ensuite, je suis mandaté, je vous l'ai dit, par un fonds de recherche, relayé depuis peu par l'ONU et la CEE, des biens artistiques juifs spoliés en Europe pendant la guerre.

– Quel rapport avec Sade ?

– Je pourrais vous parler de la torture et des camps,

mais Sade n'aurait pas admis l'autorité d'un quelconque *Führer*, il n'admettait le crime que librement et individuellement pratiqué…

– Ce cloporte lubrique d'Antoine m'a déjà servi un alibi du même genre ce soir.

– Votre Antoine est l'image même de l'honnête homme à qui l'on propose de satisfaire ses fantasmes en toute bonne conscience. Laissez-le en finir avec cette exposition qui le valorise véritablement sur le plan professionnel. Après, il vous reviendra, si je puis dire… (il eut un petit rire presque égrillard) la queue basse.

– Monsieur Cohen ! !

– Pardon.

Ils avaient franchi la Seine, les rues étaient désertes. Elle grommela, ne voulant pas s'avouer vaincue :

– N'essayez plus de m'égarer, vous n'avez pas répondu à ma question.

– Laquelle ?

– Quel jeu jouez-vous monsieur l'expert ? Et avec qui ? Et pourquoi ?

– Bonnes questions, mais mauvais moment. Ce soir, vous n'êtes pas en état d'écouter mes confidences.

– Sadique !

– C'est pour votre bien.

Elle ne réagit plus pendant les quelques minutes qui lui permirent de remonter à la surface de sa conscience ; et lorsqu'ils arrivèrent rue des Archives, elle se sentit assez combative pour refuser les dérobades du vieil homme :

– Qui était Malucheau ?

– Une crapule.

Curieusement, elle ne poussa pas son avantage et de manière incohérente elle repartit dans une autre interrogation :

– Les types et les filles de la galerie, quel rapport ont-ils avec mon travail ?

– Aucun. Directement aucun.

– Alors pourquoi les types nous ont-ils suivis ?

– Parce qu'ils savent que je ne suis pas là uniquement comme expert en tableau.

– Et alors ?

– Je crois que nous sommes arrivés, si je ne m'abuse.

Ils étaient effectivement en bas de chez Chloé. Il se gara à cheval sur le trottoir et Chloé voulut montrer sa contrariété en sortant de la voiture pour filer dans l'immeuble ; mais ses jambes refusèrent de se mouvoir et sa tête se mit à tournoyer. Elle dut avouer :

– Louis, cachez-moi tout ce que vous voulez, mais aidez-moi à descendre et à rentrer chez moi.

– Ah, jeunesse ! J'arrive.

Il fit le tour de son véhicule, ouvrit la portière de sa passagère, récupéra sa veste et une fois de plus, reprenant leur démarche claudicante d'amoureux éméchés, il servit de tuteur à la jeune femme dans l'ascension de ses trois étages.

Sans un reproche, sans un sourire de chat dans son frisélis de moustache, Arsène attendait avec la dignité d'un majordome habitué aux frasques de sa maîtresse. Au contraire, il donna un petit coup de dos dans les jambes flageolantes de la jeune femme, pour compatir à son état d'ivresse et obtenir éventuellement une petite boite de Ronron et Patapon.

– Voulez-vous boire quelque chose ? s'enquit le vieil homme.

– Vous vous fichez de moi ; la seule pensée d'un liquide me fend le cœur.

– Je voulais dire, une tisane, un réconfortant.

Il avait si bien pris l'air pataud d'un grand-père devant

un bébé en pleurs, que la terrible Chloé qui n'avait pas de photos de papa ou de maman sur ses murs se laissa couler dans les bras de Louis. Il dut la déshabiller maladroitement jusqu'au slip, pour la fourrer dans son lit comme une enfant. Au moment où il allait lui faire un baiser sur le front pour achever de tenir son rôle, elle demanda d'une toute petite voix :

– Louis, racontez-moi encore une histoire.

Cohen s'assit d'un quart de fesse sur l'accoudoir le plus solide du fauteuil avachi et commença :

– Bravo, bien joué. Alors, il était une nouvelle fois un juif qui s'installa aux États-Unis comme expert en tableaux flamands du XV$^{e}$ au XVIII$^{e}$ siècle et qui découvrit un jour dans une prestigieuse vente publique à New York, deux des toiles ayant appartenu à son ami Grunberg, réputées avoir brûlé dans l'incendie de sa maison. Notre expert décida de remonter la piste…

Et l'expert en question s'arrêta, car malgré son courage et sa ruse la jeune femme venait de rejoindre le pays du sommeil.

Louis Cohen sourit ; puis il se leva, borda Chloé et alla s'asseoir à son bureau. Il considéra les documents épars autour de l'ordinateur et choisit un dossier étiqueté « Galerie Grunberg ». Il arracha une feuille d'un bloc de papier, hésita un instant, fit une petite grimace qui plissa son visage de satisfaction et inscrivit rapidement quelques mots, avant de glisser la feuille à l'intérieur du dossier, en première page. Puis, souriant comme une Amélie Poulain en train de changer le destin de son prochain, il quitta l'appartement sans bruit, sous l'œil perplexe d'Arsène.

Le lendemain, tard dans la matinée, la violence du soleil indélicat, les caresses de la queue d'Arsène affamé sur son visage, et un mal de crâne signé gueule de bois, finirent par réveiller la belle au bois dormant ; ce que n'avaient pu faire deux appels téléphoniques. Station debout chancelante, toilettes, pipi, verre à dent, Aspégic 1000, explosions du cachet et filaments dans l'eau, absorption, douche chaude, froide, shampooing, serviette, sèche-cheveux, bonheur des cheveux courts, regard dans la glace, plis sous les yeux, traits tirés, sorcière, sorcière, miroirs qui ne réfléchissez jamais assez, pas menteurs pour deux sous, marâtre de Blanche Neige payée pour le savoir : « Poignez vilaine, oignez la poigne... », fuite d'idée, Ducran Lapoigne et Gaston Lagaffe, écœurement, rien avaler, rien boire. La belle pigiste rousse cessa de ratiociner, mit la radio pour être moins seule et TSF pour un peu de jazz. Extase : *Brasilian like* de Michel Petrucciani, une pensée pour lui ; elle pleura comme pleurent les enfants, les vieillards, les ivrognes et tous les autres êtres humains qui pleurent sans savoir qu'ils ont de vraies et profondes raisons de pleurer. Elle aurait dû appeler son Tonio, mais il fallait le punir pour ce qu'il avait commis la veille, avec l'autre crétin de Sam.

Elle consentit enfin à relever ses messages : bien entendu, le premier émanait de la voix pâteuse et honteuse du bibliothécaire, qui barbouillait des excuses minables et proposait un déjeuner au Mont-Blanc.

« Mais comment pouvait-il avoir le cœur à ça ? ! » se dit-elle dans un haut le cœur, pendant qu'il égrenait un chapelet de « pardons » du plus mauvais effet. Elle décida avec fermeté que son infernal bibliothécaire allait subir un super-purgatoire. Elle arrêta la radio où s'éraillait le groupe de rock punk alternatif Harry Gator dans un rejet de la Terre entière et d'ailleurs.

Le second appel avait des accents plus sincères, clairement énoncés par un Samuel plaidant la curiosité et le dégoût final. Il s'était levé à l'aube pour continuer ses recherches pour elle, un courriel suivait, il quémandait un rendez-vous. Elle mit aussi son amant à l'index, mais pas son envoi. Elle ouvrit son courrier électronique et y trouva en effet un texte signé Sam :

« Chloé ma belle : en vrac, pour me faire pardonner, je brave l'aurore avec le crâne fracassé et voilà, rien de formidable mais ça t'évitera quelques surfs.

« Mai 38, le régime nazi édicte des lois sur le retrait des œuvres décadentes. Göring dresse la liste d'œuvres réservées au *Führer*, qui prennent en fait le chemin de son domicile (Renoir, Degas, Sisley, Monet, Cézanne, Van Gogh...). Les collectionneurs et marchands de tableaux juifs seront bien sûr les premières victimes de ces spoliations. En France, le salon d'Automne et le salon des Indépendants se tiendront sous l'occupation. Villon, Lurçat sont exposés chez Louis Carré avenue de Messine ; rue des Planches, Pierre Grunberg fait découvrir Spillaert, Ensor, Delvaux, mais aussi des post-impressionnistes et des raretés dont un ou deux Brueghel, sans que l'on sache lesquels. Il sera un des derniers marchands juifs à travailler, sans doute à cause des protections de quelques esthètes, pas tout à fait désintéressés. Vlaminck et Van Dongen font le voyage en Allemagne ; Picasso peint, Chagall rêve ; Max Ernst se cache à Saint Martin d'Ardèche ; Cocteau s'amuse, il va à l'exposition Arno Brecker en 1942 avec Chardonne et Déon. En 1944, Camille Mauclair écrivait dans *La crise de l'art moderne* : "Les galeries juives sont closes, mises sous séquestre ou confiées à des liquidateurs aryens qui ont à écouler des stocks laissés par les fuyards Wildenstein, Bernheim, Rosenberg, Hessel et autres Levy ou Grunberg." »

C'est tout mais je poursuis. Bises partout. Ton (un petit peu) Sam. »

Vers le milieu de la journée, la jeune femme acheva la lecture d'une nouvelle de Mathieu Belezi, *Les moustiques de Chateaubriand*, avant de trouver le courage de sortir et d'aller déjeuner au Carré, un restaurant sympathique de la rue du Temple. Elle y grignota en solitaire en pensant aux rapports de l'art et du mensonge, évoqués avec malice dans le texte de Belezi que lui avait recommandé Louis Cohen. À l'évocation du mystérieux expert, elle eut un de ses flashs en noir et blanc qui la transporta aux côtés de Pierre Grunberg et de Louis, devisant avec insouciance dans cette étrange ruelle des Alchimistes du château de Prague où Kafka habita quelque temps. Elle revint travailler chez elle au volet « Artistes et Occupation » de sa série pour *Prométhée*, qu'elle boucla en fin de journée et adressa par Internet au journal, en demandant à Crémieux de l'excuser de ne pas venir la remettre elle-même comme d'habitude. Elle s'allongea ensuite sur son lit et pour se changer les idées entreprit la lecture d'*On ne s'endort jamais seul* de René Fregni, ce qui n'était pas la meilleure des idées compte tenu de son humeur du moment. À dix pages de la fin, elle s'endormit et elle eut tort, la chute l'aurait réconciliée avec le genre humain.

Lorsqu'elle se réveilla, avec un nouveau mal de cœur, le soleil avait cédé devant une bande de nuages tous plus noirs les uns que les autres. Elle câlina Arsène, lui fit un spécial blanc de poulet de chez Jardins surgelés et comme, malgré la lourde menace des gros flocons célestes, le bonheur d'été passait par la fenêtre, elle eut une irrésistible envie de descendre, de marcher, de sentir Paris dans tous ses bonheurs.

Elle remonta la rue des Archives à grandes foulées nerveuses, pour se prouver qu'elle avait chassé les miasmes délétères de la veille : alcools, visions et souvenirs mêlés. La seule chose qui la tracassait à ce propos était le flou relatif dans lequel elle était rentrée chez elle. Si elle se souvenait d'avoir été bordée par Louis Cohen, elle aurait voulu savoir si elle avait pu lui arracher quelques fragments de révélations nouvelles sur ses relations avec Les Infortunes de la vertu et son passé.

Elle traversa la place de l'Hôtel de Ville, entre les pigeons, les touristes et les *rollers boys*. Puis franchit la Seine et suivit la rue d'Arcole jusqu'à Notre-Dame. Comme promis par le ciel, il se mit à pleuvoir, de fines cordelettes insidieuses, à peine rafraîchissantes, pas de quoi vider le parvis de ses admirateurs et marchands du temple tardifs. Chloé s'aperçut brusquement qu'elle n'avait absolument pas décidé de l'endroit où pouvait aboutir sa déambulation, et comme le mot lui évoquait une procession religieuse, elle décida qu'elle était parvenue à son but : admirer la cathédrale sous la pluie. Elle admira donc : la pierre remise au brun clair, dépouillée des souillures de gaz carbonique et autres relents industriels, les rois hiératiques, les démons et les saints en arc de cercle, le livre ouvert sur son histoire et ses mystères, ses certitudes et ses mutilations. Entre les dentelles du toit, sous la surveillance du vieux au bonnet d'alchimiste – croisement de Nicolas Flamel et de Viollet-le-Duc – des gargouilles se mirent à vomir à flots continus. La pluie s'abattit sur le monde de Frollo et engloutit Esmeralda-Chloé, sans bossu ni Phoebus, ni ritournelles au sucre. Mais loin de la chasser, les vagues de gouttes serrées l'unirent au ciel et à la terre dans une communion sensuelle : yeux inondés de larmes célestes, vêtements plaqués au corps, un beau spectacle de fille en majesté, mais les touristes avaient rejoint les autocars ; la place était nue.

La pluie redoubla ; pour la narguer, Chloé se dirigea le plus lentement possible vers le quai, traçant une diagonale sur l'emplacement où fut sans doute brûlé le dernier grand maître des Templiers. Près de l'entrée du parking souterrain, le fameux sixième sens de la jeune femme qui n'avait pas fonctionné jusque-là se déclencha avec force : la certitude d'une présence hostile, visible ou non, mais bien réelle ! Rien que pour elle. Elle se retourna et ne vit personne, pivota sans plus de résultat d'un côté et de l'autre, avant de reprendre son chemin droit devant elle, entre deux arbres d'où émergèrent – sortis sans doute d'une voiture garée le long du trottoir de la rue de la Cité – Scooter et Costard, revenus aux jeans et tee-shirts. Tandis qu'ils s'avançaient vers elle en souriant, Elle eut le temps de maudire Louis Cohen et ses mensonges : les types s'intéressaient aussi à elle !

La peur s'empara aussitôt de la jeune fille et lui suggéra la fuite. Elle fit demi-tour et se mit à courir vers Notre-Dame, derrière elle, sans bruit, les types la prirent en chasse, en tenaille. En quelques enjambées Costard fut à sa hauteur et la rabattit en direction de l'Hôtel-Dieu sur son acolyte. Paniquée, elle ne modifia pas sa course, filant droit sur Scooter, dans les gerbes d'eau que soulevaient ses pieds au hasard de sa progression aveugle. L'homme accéléra et l'attrapa par un bras, à la hauteur de l'entrée principale de l'hôpital. Il l'attira à lui avec efficacité dans un geste qui évoquait le désir du danseur de tango et la rodomontade du torero. Elle se plaqua à lui en accentuant le mouvement et réussit à le déstabiliser assez pour se décoller de son étreinte, secouer la prise sur son bras et même tenter de propulser sa jambe droite entre les cuisses de son agresseur, à la recherche du défaut cuisses-cuirasse. C'était sans compter sur la pratique de son agresseur, qui esquiva, et fut alors rejoint par son complice. Il restait une ressource à la jeune femme : crier. Elle cria, sans imagination :

– Au secours !

La pluie qui étouffait les bruits et dissimulait la scène derrière ses rideaux n'arrangeait rien. Ce fut pourtant ce moment que choisirent trois individus pour sortir de l'Hôtel-Dieu ; trois hommes courageux car ils virent, entendirent et comprirent. Tandis que les mauvais de la galerie tentaient d'entraîner Chloé, les trois jeunes hommes furent sur eux :

– Ne vous mêlez pas de ça les morveux.

– Qu'est-ce qu'il a dit, Axel ? demanda un frisé, râblé, à un grand dégingandé.

– Il est pas poli, lui ! commenta le troisième, pas démonté pour deux sous.

Scooter sortit un couteau à cran d'arrêt et fit face aux garçons. Un moteur ronfla et une voiture s'approcha d'eux. Le grand Axel avait sorti son imperméable et l'avait jeté sur l'homme au couteau, empêtré le temps que Costard tentât de maintenir Chloé en faisant face à ses deux assaillants :

– Laisse, Christian, dit le frisé, je m'occupe de monsieur.

Une portière claqua et Lame de couteau descendit en voltige, pistolet au poing, braillant :

– On arrête, les clowns ! Laissez la fille et tirez-vous.

Aucun succès, à une vitesse étonnante, traversant la pluie comme un bulldozer, le frisé était déjà sur lui et le plaquait au sol avec une rare violence, faisant valdinguer le pistolet dans le caniveau, hors de portée du malfaisant. Effaré, Costard balbutia un : « Lionel ! » étranglé, avant que Scooter, reprenant la situation en main ne hurlât dans le dos du frisé : « T'arrête connard ! » en piquant sur le cou de Chloé la pointe de son couteau. Comme un balai plutôt bien réglé, Scooter s'approcha de la voiture avec la jeune femme et reprit l'arme, tandis que Costard relevait Lame de couteau encore sonné, qu'il poussa dans la voiture. Mais quand il voulut faire entrer Chloé dans le véhicule, elle glissa sur le rebord du trottoir et perdit l'équilibre. Ce simple mouvement lui procura immédiatement un si violent accès de vertige que toute peur absente, elle s'abandonna de tout son corps à son agresseur. Surpris, incapable de la soutenir ou de la porter jusqu'à la voiture, l'homme la repoussa instinctivement, lui permettant de vaincre le chavirement qui s'était emparé d'elle. La jeune femme n'hésita pas une seconde : elle se redressa et courut en direction des trois garçons qui s'approchaient d'elle. Scooter s'engouffra sur la banquette arrière et Costard au volant choisit alors la meilleure solution pour son groupe : la fuite.

– Merci. Mille fois merci ! Vous avez été formidables ! remercia Chloé.

– On fait ça tous les soirs à la sortie du boulot, affirma le grand.

– Vantard ! dit la jeune femme.

– D'accord, commenta Christian, nous on n'est pas des terreurs, mais heureusement pour eux qu'ils n'ont pas vraiment mis Arnaud en colère, parce qu'ils seraient déjà à l'hôpital à notre place.

La pluie ralentit sa douche et Chloé se sentit soudain faible ; faible comme un mannequin de coton. Ses sauveurs s'en aperçurent :

– Vous avez été super courageuse, dites donc. Allez, venez prendre un remontant au Tambour d'Arcole.

Ils longèrent l'hôpital et traversèrent la rue d'Arcole. La brasserie allait fermer, ils s'accoudèrent au bar. Les sauveurs de Chloé étaient deux aides-soignants et un infirmier de l'Hôtel-Dieu, que Christian qualifia de « force de la nature ». Le grand Axel précisa :

– C'est Portos.

– Et toi Athos, reprit Christian.

– Et toi Aramis, acheva Arnaud.

– C'est un numéro, se mit à rire Chloé, la seule à boire un alcool. Et d'Artagnan ?

– On l'attend toujours.

– Mais un pour tous et tous pour vous !

– Merci encore.

– Qu'est-ce qu'ils vous voulaient les types ?

– Heu… je ne sais pas, me voler, me violer. Ça s'est passé si vite.

Ils se regardèrent, pas vraiment convaincus, mais pas indiscrets. Arnaud proposa :

– Zézette, on la raccompagne ? C'est bourré de violeurs par ici !

Chloé sourit, accepta, et ce fut ainsi que les trois larrons rigolards la larguèrent en bas de chez elle, sans qu'elle aperçût la moindre menace alentour. Mais lorsqu'elle entra chez elle dans un concert de miaulements, elle sut qu'elle était désormais impliquée dans une affaire dont elle ne comprenait pas vraiment les données et qu'il allait falloir à Louis Cohen lui en dire nettement plus, sous peine de la mettre en danger.

Naturellement, il ne lui vint pas à l'idée de mettre la police dans la confidence. Elle ferait le point plus tard, après une douche et une nuit sans cauchemar, si possible.

## 11.
## L'ÉNIGME

Chloé avait eu peur, et elle se leva le lendemain matin avec la fatigue d'une nuit difficile, qu'elle s'était refusée à soulager par quelques somnifères puissants ou pilulettes homéopathiques. Malgré son rituel de douche, le malaise persista, fondé sur la crainte d'une menace imprécise mais réelle, que les dangers auxquels elle s'était déjà exposée ne l'avaient pas réellement préparée à affronter. Ce qui l'inquiétait le plus, c'était d'avoir été attaquée par des hommes parfaitement identifiables par elle, comme s'ils ne craignaient rien et que, par conséquent, elle soit sans défense vis-à-vis d'eux ou de leurs commanditaires. Elle défila ces noires pensées dans sa salle de bain, essayant de réagir en s'apprêtant comme si elle allait sortir dans l'instant même. Elle en était bien incapable ; elle n'avait pas même le courage de prendre un magazine, ou pire dans l'échelle de la passivité, de regarder la télévision. Elle finit par se traîner sur son fauteuil assoupi, dont elle bondit aussitôt dans un sursaut d'énergie.

Elle téléphona aux Infortunes de la vertu pour demander à parler à l'un ou l'autre de ses agresseurs, en se faisant passer pour une serveuse d'un bar proche de la galerie, où l'un d'eux aurait oublié un blouson. Une voix de femme inconnue – mais pouvait-elle vraiment reconnaître la voix de Geneviève Neyret – lui affirma qu'elle ne voyait pas de qui il s'agissait. Elle insista, et on lui conseilla de laisser le vêtement à la galerie, prétextant que les individus en question avaient dû être engagés comme extra pour le dernier vernissage :

– Il faudra que je vérifie dans les sociétés d'intérim avec qui nous travaillons, précisa aimablement sa correspondante avant de raccrocher.

Et le pire, c'est que ça pouvait bien être vrai !

Sourde aux nouveaux messages laissés dans la matinée par ses amis, amants, amoureux, et rédacteur en chef, elle appela Louis, pour apprendre qu'il avait quitté son hôtel sans laisser le moindre message pour qui que ce soit. Pour occuper son esprit inquiet plus que par courage, elle se remit sur ses dossiers… et les abandonna aussitôt. Les préoccupations des loges maçonniques à la Libération lui paraissaient bien loin des siennes. Comme elle avait cloisonné ses informations suivant un système de classement personnel très alambiqué, ce fut par hasard qu'elle entrouvrit celui sur la galerie Grunberg et aperçut la note qu'y avait glissée Louis Cohen. Il lui avait laissé une énigme, tout à fait conforme à sa personnalité ; elle se souvint : « Je suis un honorable expert en tableaux, installé à San José, Californie, depuis que les nazis m'ont demandé d'aller dégénérer ailleurs. » Et d'autres bribes de leurs conversations lui revinrent sur le thème du chat et de la souris : « …je vous rappellerai. Je dois vous dire que la suite de nos entretiens peut se révéler dangereuse pour vous… Je suis mandaté, je vous l'ai dit, par un fonds de recherche, relayé depuis peu par l'ONU et la CEE, des biens artistiques juifs spoliés en Europe pendant la guerre. » Et surtout sa profession de mauvaise foi : « Je suis une vieille coquette qui adore préparer ses effets. J'aime jouer, c'est une des rares excitations que je puisse atteindre depuis bien longtemps, comme le vieil écrivain américain de cette nouvelle que je vous ai recommandée. »

Le message tenait en deux lignes griffonnées d'une écriture nerveuse et élégante : « Nombre transcendant sur les colonnes du Temple. Tout est dans la peinture. »

Chloé n'était pas, mais alors pas du tout férue de mots croisés, fléchés, rébus, et autres divertissements chiffrés ou lettrés, pas plus que de jeux de toutes sortes qui l'énervaient, l'horripilaient. Elle ne chercha donc pas une seconde ce que pouvait signifier la nouvelle pièce du puzzle Cohen. Elle pensa appeler Antoine, mais décida qu'il était encore puni. Elle allait téléphoner à Samuel, puis se ravisa : elle n'avait pas besoin d'un décodeur, d'un antidépresseur ou d'un amant, non, elle avait besoin de chaleur, d'amis, de ce bruissement des voix, de ces tintements des verres et des couverts qui signifiaient parfois l'amitié. Un flot de vitalité se diffusa dans tout son corps et elle se remit devant son téléphone, pour convoquer le ban et l'arrière-ban de ceux qu'elle avait envie de voir, le plus vite possible, y compris Antoine, autour d'une table et d'une énigme, sous les auspices de Sade et de ses thuriféraires.

Elle ne réussit à réunir son assemblée que deux jours plus tard, à l'exception de Crémieux et naturellement de Louis. Geneviève Neyret n'était pas invitée. Toutefois, interrogée par l'intermédiaire du bibliothécaire, la galeriste avait affirmé que l'expert, ayant achevé sa mission, lui avait déclaré rentrer aux États-Unis où l'attendait une vente de petits maîtres flamands à Los Angeles.

Peu convaincue par ces arguments, Chloé remit cependant à plus tard une petite expédition sur les terres de la menteuse, pour se donner pleinement à la préparation de sa soirée, qu'elle pensait organiser avec le concours de ses commerçants de proximité mais ses invités se chargèrent de l'intendance. Arsène en profita pour se faire nourrir comme un pacha(t).

Ils vinrent tous très tôt, ce qui relevait presque de l'incongru dans un Paris fort mal élevé. Contrit, penaud, repentant et adorable Antoine fut le premier, ce qui permit à la jeune femme de lui faire part de ses récentes aventures. Bricolof, l'occupant du studio du rez-de-chaussée – économiste le plus distingué du monde occidental depuis John Maynard Keynes, car il ne se présentait jamais autrement qu'économiste au point que Chloé ne savait pas son prénom – vint en second avec une bouteille de Côte Rôtie, ce qui relevait du sens de l'économie par la quantité et du bon goût par l'appellation. Branchado monta l'étage qui le séparait de la jeune femme, les bras chargés de fleurs, d'un Saint-Marcellin et d'un gâteau au chocolat. Il était excité à la pensée du problème à résoudre au point d'avoir amené un portable en secours, aux fins d'outil de travail et de démonstration éventuelle.

Samuel arriva sur ses talons, avec un peu de honte, une saucisse de Morteaux, deux bouteilles de vin jaune du Jura et un grand sourire. Un petit quart d'heure après, Martine et son ami sonnèrent : ethnologue au CNRS, elle formait avec François, propriétaire de l'agence de design boulonnaise Sphères, un couple longtemps tenu en pénitence par Chloé pour leur snobisme ; mais elle ne pouvait oublier l'amie des tout premiers moments parisiens de la petite Auvergnate, perdue dans les méandres universitaires de la Capitale, vouée aux soirées solitaires et désargentées. Les deux « bobos » lui ramenaient après un long emprunt une série de BD comprenant l'intégral du *Concombre masqué*, la série *Andy Gang* de Chantal Montelier et une bouteille de whisky de dix ans d'âge.

Mise en train par les apéritifs, l'assemblée allait attaquer l'énigme et la charcuterie lorsqu'arriva, essoufflé, le dernier convive : Gavrïl, dit Gabriel, Liessine, autre habitant de l'immeuble, fondateur d'un orchestre yiddish qui répétait ce soir-là au théâtre de La Vieille Grille, un des plus vieux cafés-théâtres de Paris, dont la programmation alternait musiques Klezmer et chants d'Amérique latine.

Pendant que Bricolof attaquait Samuel sur les mérites du libéralisme, Chloé commença à servir en écoutant d'une oreille attentive Antoine se vanter de ses turpitudes de la veille au dernier arrivant, qui ne devait pas tout saisir car il ne maîtrisait pas totalement le français et n'entendait pas très bien, sauf la musique. Elle apprit avec soulagement que la jeune femme au chevalet n'avait été ni écartelée, ni dépecée, ni violée, mais seulement lapée, recouverte de crème fraîche par les saligauds qui se pressaient autour d'elle... et la fin se perdit dans ce joyeux brouhaha de couverts et d'exclamations, qui détermine la montée en puissance d'une soirée réussie.

Personne ne fumait et Chloé en fut heureuse car elle aurait volontiers craqué dans ce bienheureux moment de détente. Comme s'il l'avait ressenti, Samuel lui effleura les épaules et caressa doucement son dos, lui perfusant un message érotique ténu, mais reçu et accepté.

Loin d'eux, loin de Martine qui se goinfrait sans retenue, Gilles avait trouvé une victime en la personne du designer, qui était directement concerné par les ultimes avancées d'Internet :

– Le u-commerce, u pour *ubiquitous*, combine les services de vente classiques aux canaux de communication – télé, reconnaissance vocale, fréquences radio – aux fonctions de *supply chain*, d'*e-procurement* et de CRM pour la relation client, en version *b-to-c*...

– J'en ai entendu parler ; et en *b-to-b* ?

– Je suis moins top de ce côté-là, mais de toute façon, avec le retard qu'on se trimballe sur les States, 14 % de pénétration Internet contre 26 % en Angleterre et 46 % en Suède, ça se passe de commentaires…

– Qu'est-ce que vous pensez, pour mon business, du développement PHP ou ASP, ou Broadvision, accès direct à la base sans requête SQL, s'appuyant sur J2EE, une plate-forme Java adaptée à la montée en charge intéropérable sur toute plate-forme en architecture distribuée…

– Bien, bien ! Avec comme atout l'échange en XML pour l'exportation des infos et l'interfaçage éventuel avec n'importe quel système de données, la réalisation du *back office* accessible en ligne ; c'est idéal pour la duplication multilingue.

Rendu fou de joie par la compétence et l'écoute de son interlocuteur, Branchado avait mis en marche son portable et montra à François une application nouvelle dans sa propre activité d'esthétique industrielle :

« Pour réaliser des applets tridimensionnels sur machines ou sur page web, L'API Java 3D pour des objets animés on installe le JDK de Sun. Java 3 D1.1 ou Java 2 le kit de développement ou l'environnement d'exécution Java 1.2 avec fichiers archives dans le ClassPath en modifiant le Path dans le fichier « c:/autoexec.bat » si c: est le disque dur principal où se trouve Windows, ajouter le chemin du répertoire des commandes du JDK : « Set Path = c : /Java jdk 1.2/bin : %path<%… »

Lassée de leur aparté, Martine entoura le cou de son ami en fredonnant une rengaine préhistorique :

– Java qu'est-ce que tu fais là entre les deux bras d'un accordéoniste ?

Et Chloé en rajouta en les apostrophant :

– Eh, les copains « trois double v, hache ttp, slash, point com », vous avez fini de parler chinois, on a besoin de vos lumières !

Ils se turent, et dans un de ces silences où passent les elfes et les anges, tout le monde se mit à écouter Samuel qui, épuisé par un terrifiant monologue de Bricolof, lui demandait :

– Vous connaissez le théorème parallèle à la loi de Gresham ?

– Le théorème parallèle ? ? répondit interloqué l'économiste, que le jeune homme ne laissa pas réfléchir davantage :

– Si vous payez votre femme de ménage en pesos argentins, elle s'en va. Pourquoi ?

Flairant la mauvaise farce, Bricolof haussa les épaules, mais Samuel lui asséna :

– Parce que la mauvaise monnaie chasse la bonne.

Chloé fut seule à sourire de cette vieille blague de potache, avant de saisir un couteau et de frapper un verre pour demander le silence :

– Mes amis, je suis heureuse de vous avoir autour de moi ce soir, mais je ne vous ai pas fait venir que pour la bouffe. Au boulot maintenant !

Elle prit la feuille couverte des signes distingués de l'expert en tableaux, la lissa, la posa sur la table basse au milieu des couverts et lut : « Nombre transcendant sur les colonnes du Temple. Tout est dans la peinture », en donnant quelques précisions sur la personnalité de l'auteur et les grandes lignes d'une recherche qui lui demeurait obscure.

Bricolof demanda une feuille de papier et un crayon ; Gilles se mit à pianoter frénétiquement sous le regard admiratif de François ; Martine se renversa dans le fauteuil fatigué et chercha une révélation dans les jeux d'ombres au plafond ; Gabriel argua de son grand âge et des fatigues de sa répétition pour se retirer ; Antoine et Samuel, les plus au fait du problème, tentèrent d'unir leur sagacité. Le silence s'infiltra dans la pièce ; un silence aussi studieux que celui d'une salle d'examen, quand on s'affole en lisant le sujet à traiter, que la gorge se noue, que l'on sort son stylo de sa trousse, le décapuchonne, le referme…

Des propositions timides se croisaient :

– Transcendant, ça nous dirige vers la métaphysique… peut-être une représentation de Dieu ?

– T, avec majuscule, c'est pas n'importe quel temple !

– Tu devrais voir quelque chose toi, déclara discrètement Antoine à Samuel.

– Faut voir…

Ce fut Bricolof, le plus calé en mathématiques, qui affirma avec son assurance habituelle :

– Il est évident que le nombre transcendant, c'est p, nombre algébrique qui n'est la racine d'aucun polygone…

– … un nombre égal au rapport de la circonférence d'un cercle à son diamètre et dont la valeur approche 3,1416, un nombre que nous connaissons tous depuis l'école, poursuivit François, tout fier de lui sous les yeux éblouis de Martine, descendue du plafond.

Tout le monde accepta cette évidence, et une heure passa à boire sans que le moindre progrès n'émanât de qui que ce soit. Martine et son designer levèrent alors le camp, suivis de l'économiste fatigué, et d'un Branchado aussi endormi qu'affreusement vexé d'être tenu en échec. Antoine aurait voulu rester, Samuel aussi. Après un petit sourire de connivence, ils décidèrent de partir ensemble, non sans que Chloé leur eût ordonné de ne pas recommencer cette nuit-là quelque cochonnerie dans le style de celles du vernissage.

Ils promirent de boire seulement, pour noyer leur chagrin amoureux. Ils voulurent aussi s'assurer qu'elle ne commettrait pas d'imprudence en poursuivant seule son enquête. Sur le seuil de l'appartement, en vrai faux frère, profitant de ce qu'Antoine avait le dos tourné, Samuel souffla à Chloé de se connecter sur Internet, le temps qu'il rentre chez lui.

La jeune femme regretta de n'avoir qu'un rendez-vous virtuel avec Sam, mais après avoir remis en ordre le petit appartement et la caisse d'Arsène, elle grignota un reste de gâteau et convoqua son courrier, dont le premier message était un virus, débusqué par un deuxième message, l'antivirus ; le troisième émanait de Samuel :

« Ma petite poupée rousse, tu imagines comme j'aurais voulu rester avec toi, mais... En attendant, pour compléter la trouvaille de Bricolo, ou Bricolof, on pourrait donner un sens maçonnique à la deuxième partie de l'énigme (Cohen est-il un brother à ta connaissance ?). Le temple avec un grand T serait celui de Salomon, c'est le grand site symbolique des francs-maçons, exploré à partir du troisième degré, celui de maître. Mais dès leur apprentissage, les frères apprennent qu'ils entrent dans une loge entre les colonnes J et B (trop long de t'expliquer ce que ça veut dire, mais ça n'a rien à voir avec le whisky). D'où l'idée (géniale) de ton serviteur selon laquelle *pi* ne serait pas un symbole mathématique, mais une pie comme la pie voleuse (celle des *Bijoux de la Castafiore* dans Tintin, de *La gazza ladra* de Rossini, ou de *La Diva dans l'énigme*, tu sais que j'aime l'opéra et ne désespère pas de te..., bon je reviens à tes moutons), qui se serait posée au-dessus de J et B, ou plutôt d'un « gibet » (re-génial, non ?). D'autant qu'un lieu de torture plutôt que de culte, ça pourrait rentrer dans un trip sadico-sadien. Voilà mes découvertes, ça se tient dans le raisonnement, mais je ne sais pas où ça mène. En fait, je pense que ce filou de Cohen n'a donné qu'une partie de ce qu'il veut révéler. Je poursuis ma quête. J'aurais mieux aimé poursuivre dans ton lit ou même dans ton canapé raplapla ; ça doit être excitant ton canapé raplapla. Je te bise à mort. Sam. »

Elle répondit :

« Raplapla toi-même. Merci pour tes efforts cérébraux, ta punition est levée. Tu as raison, Louis continue de nous monter en bateau, mais pourquoi ? Je vais me coucher, crevée. Demain, je te fais ta fête si tu traînes par ici. Chloé la volcanique (ta mère). Post-scriptum : pas trop tôt demain. »

## 12.
## LES MALABARS NE PORTENT PLUS DE COSTARDS

Chloé se réveilla de bonne humeur et se mit au travail, préparant la deuxième série de « papiers » sur fond historique et maçonnique qu'elle avait repoussée pour privilégier l'Occupation et la Résistance. Elle entrevoyait la bouffée d'oxygène qu'allaient lui apporter ces piges – elle se proposait d'ailleurs de demander rapidement une avance à Crémieux, qui n'était jamais chien sur ce plan-là. Le confort matériel attendu et la trêve universitaire lui permettraient de se remettre à sa thèse durant l'été, ce qui ne la changerait pas d'époque, mais de milieu, avec retour dans son Auvergne natale, son économie sous Vichy, son marché aussi noir que les sourcils d'un maquignon du Puy-de-Dôme au moment de sortir son portefeuille.

La vie était belle comme l'étoile diurne qui éclaboussait son appartement, elle décida que plus rien ne subsistait de cette menace qui avait pesé sur elle ces derniers temps : Louis Cohen l'avait emmenée avec lui.

Pour bien marquer ce retour à une vie libérée – et en prononçant le mot pour elle-même, elle fit résonner la voix et les inflexions si particulières du général de Gaulle dans l'enregistrement de son discours à l'Hôtel de Ville de Paris en 1944 – elle donna rendez-vous à ses deux hommes : Antoine d'abord pour un déjeuner au Mont-Blanc et Samuel pour une sieste crapuleuse.

Il faisait beau, chaud, c'était juillet pour de vrai. Les premiers effets des transhumances avaient sans doute légèrement dispersé le troupeau parisien, mais ça ne se voyait ni dans l'étroite rue des Archives, ni sur les larges trottoirs de la rue de Bretagne, où une foule d'affamés se croisait dans le désordre. Le restaurant était bondé, Antoine l'attendait, assis à une petite table de coin. On pouvait compter sur la patronne pour l'avoir soigné, et il y avait du gratin dauphinois au menu :

– Par cette chaleur ! s'inquiéta la jeune femme.

– Quand les produits sont bons, lui répondit son bibliothécaire, qui avait lu les *Astérix et Obélix* du temps où les irréductibles Gaulois avaient du talent.

Ils se retrouvèrent avec plaisir, détendus ; quelqu'un les apostropha d'un « salut les amoureux ! ». Antoine était fier des retombées médiatiques et professionnelles du catalogue sur Sade ; Chloé ne fit pas d'ironie sur le sujet ; la patronne vint saluer son prince charmant, tout de gris vêtu, comme un gentleman-bibliothécaire. Mais comme elle avait un cœur d'artichaut, elle les quitta soudain pour filer au bar où venait de s'accouder Olivier Pamplemousse, un jeune et séduisant journaliste ami de Samuel, qui l'avait présenté à Chloé. Il ne reconnut pas la jeune femme et comme elle en fit part à Antoine, celui-ci murmura : « salaud de jeune » pour la forme. Puis Tonio tenta une ou deux blagues, plus graveleuses les unes que les autres, pour tester la bonne humeur de Chloé, mais elle aurait pu entendre l'intégral de l'almanach Vermot et des papillotes lyonnaises sans broncher. Il finit par demander :

– Je suis pardonné ?

– Y a pas de souci, dit-elle en « jeune d'aujourd'hui ».

Il lui tendit alors un exemplaire de *Je suis partout* daté de 1942 :

– Et ça, c'est cadeau. Tu vois que je sais aussi parler en crétin quotidien.

Il ouvrit le journal et lui montra une phrase qu'il avait surlignée en vert fluo : « Il est nécessaire de se séparer des juifs en bloc et de ne pas garder de petits », en ajoutant :

– C'est signé Brasillach et c'est édifiant. Il y a un bouquin qui vient de paraître sur lui et qui le rappelle, car on en fait souvent une sorte de martyr, au prétexte qu'on l'a fusillé, alors que d'autres comme le vieux saligaud de Céline, ont continué à se pavaner jusqu'à crever dans leur lit, entourés des honneurs de la littérature et de l'admiration des littérateurs.

– Je ne pense pas que je pourrai étendre aux intellectuels, regretta Chloé, mais c'est vrai qu'il y a un travail à faire là dessus ; il faudrait que j'en parle à Crémieux.

Ainsi allèrent-ils jusqu'au café, offert par la maison, avant qu'il reprenne le chemin de l'enfer de la BNF, où elle lui jura que, telle Orphée, elle reviendrait le chercher dès que possible. Une tentative de mise en garde de son cher bibliothécaire sur une menace potentielle la laissa de marbre, mais elle accepta cependant qu'il lui prête un portable « à toutes fins utiles ».

Malgré tout, en approchant de son immeuble, elle ne put s'empêcher de faire un tour de scrutation, qui lui permit de découvrir la silhouette familière de Samuel descendant d'un autobus en brandissant un bouquet de fleurs dans le style des amoureux de Peynet.

Ils montèrent enlacés, embrassés, et le reste appartint au lit de Chloé et au soleil, seul accepté dans leur intimité cet après-midi-là, car Arsène dormait sur une étagère de la salle de bains du paisible sommeil des chats castrés.

Sam partit vers dix-huit heures pour la mise en boîte d'une soirée radio sur les traces des musiques nostalgiques : tsiganes, fado, Cap Vert, tango, Cuba, les Andes, les Russes et *India song*. Il lui promit de plaquer toute l'équipe après l'émission et de foncer de toute la vitesse des transports en commun pour de nouveaux transports en privé. Moins d'une demi-heure plus tard, le téléphone chuinta :

– Chloé ?

– Oui.

– C'est Louis, Louis Cohen.

– Mais… vous appelez des États-Unis ? !

– Non, je suis ici, à Paris… Chloé, j'ai peur que vous ne soyez en grand danger par ma faute !

Une coulée de glace se faufila le long de la colonne vertébrale de la jeune femme. C'était trop beau, trop chaud, trop de soleil, d'amour. Elle demanda :

– Pourquoi ?

– J'aurais dû vous laisser en dehors de mes affaires.

– Mais quelles affaires (elle avait haussé le ton), je ne les connais pas vos affaires. Vos cachotteries, oui !

– Vous avez raison de m'en vouloir. Je suis un inconscient, un gâteux.

– Qu'est-ce que voulez maintenant ?

– Ils pensent…

– Qui « ils » et quoi ? !

– Chloé, il faut que je vous voie, autant tout vous dire et ensuite vous prendrez la décision que vous voudrez.

Un peu désamorcée par la proposition du vieil homme, Chloé eut un sourire espiègle :

– Vous savez, on a résolu votre énigme, ou presque.

– Ah… c'est bien… (l'espace d'un instant, la voix de Cohen avait changé et ce fut cette inflexion qui fit prendre conscience à la jeune femme d'un élément insolite dans leur conversation, mais sans qu'elle puisse vraiment l'analyser), il faut que nous nous voyions le plus vite possible. Pas chez vous. Dans un lieu public.

– Combien de temps vous faut-il pour arriver ici ?

– Moins d'une heure, sans doute.

– Alors… (elle réfléchit) rendez-vous dans une heure à la terrasse de Dame Tartine, c'est un des bistrots qui borde la place Igor Stravinski, là où s'ébattent les créatures de Niki de Saint-Phalle, entre le cloître Saint-Merri et le Centre Beaubourg.

– Je connais. À tout de suite.

Pendant un long moment, la jeune femme ne sut que faire : appeler Antoine ? Samuel ? Imaginer que l'expert se moquait d'elle ? Après tout pourquoi pas. N'était-il pas un joueur et peut-être un joueur pervers, qui l'entraînait dans un vilain jeu de piste ? Mais les autres, ses agresseurs… des complices ?

Elle finit par se ressaisir et se laissa à nouveau séduire par l'été. Elle dégringola son escalier, habillée d'un chemisier ouvert sur un foulard, jupe plissée d'écolière sage, mocassins ; Chloé s'était déguisée en fille de province, en souvenir de ce bistrot dont elle croquait souvent le sucré et le salé à ses débuts à Paris, avec ses condisciples préférées : Martine, Galith, Nathalie et Ève.

Parvenue chez Dame Tartine, elle ne vit pas de Louis Cohen en terrasse et s'installa le long du bassin devant un panaché. Patiente, elle se perdit dans le spectacle ininterrompu de la place : Japonais sans appareils photo (pouvaient-ils être vraiment Japonais ?) souriant aux jets d'eau ; musiciens de rue avec tuba, trombone et castagnettes ; passantes, passants, deux clochards pas du tout célestes sonnant une charge au litron de vin de l'Hérault amélioré, une jeune grand-mère élégante, mèches et maquillage discret, avec deux énergumènes dans les quatre-cinq ans qui se roulaient par terre pour la possession d'un canard en peluche. Mais toujours pas de Louis. Autour de la jeune femme, on s'asseyait, on se levait, parlait, partait. Elle finit par réaliser qu'elle avait attendu beaucoup plus d'une heure. À son tour, elle se leva et rentra chez elle, où l'attendait peut-être un message de Louis, à qui elle n'avait pas pensé de donner le numéro du portable d'Antoine. Ce portable qui sonna au moment où elle regagnait la rue des Archives ; c'était Antoine :

– Chloé ?

– Oui.

– Où t'es ?

Par réflexe, elle répondit : « dans le train » à la manière de ces andouilles qui vous gratifient dans les rames de banlieue et dans les TGV d'une musiquette mozartienne ou de l'ouverture de *Guillaume Tell* avant de vous faire partager leurs errances sentimentales ou le cours du baril de lessive pour nettoyer le baril de pétrole, et autres affaires qui vous sont étrangères.

– Je voulais vérifier que tu étais bien branchée.

– Moins que Gilles, mais je te reçois cinq sur cinq.

Elle acheva de le rassurer, touchée par son attention, mais ne dit mot au sujet de l'expert.

Sur son palier, elle eut la surprise de se trouver nez à nez avec Gavrïl, figé devant sa porte :

– Ah, Chloé, ma très lumineuse petite Chloé, je viens juste de monter et j'avais cru t'entendre à l'intérieur. J'étais venu t'apporter des billets pour un spectacle à La vieille Grille, mardi soir : *Yankele,* de la musique Klezmer.

– Merci Gabriel, c'est vraiment gentil.

Elle le remercia à nouveau, promit de venir et ne le retint pas. Elle avait envie de rester seule. À peine eut-il le dos tourné qu'elle entra, laissant sa clé tournée dans la serrure. Le plancher gémit derrière elle. Paniquée, elle se retourna et essaya de faire bonne figure à son chat : « Eh bien Arsène, c'est toi qui fais du bruit ? » Le chat se frotta à ses jambes pour toute réponse ; elle le gratta sous le menton et se décida à progresser dans l'appartement : souffle court, cœur en accéléré, pièce après pièce. Personne ! Il n'y avait personne et rien n'avait été dérangé *a priori.* Mais une vraie peur la submergea brutalement et elle sut qu'elle ne la quitterait plus désormais. Elle s'assit sur le bord de son lit et hésita : elle devait agir, ne plus rester dans cette brume d'où tout pouvait surgir à tout instant. Fallait-il appeler la police ? Pour leur dire que son chat faisait craquer le parquet ? Pour leur dénoncer un vieux bonhomme américain qui suggérait qu'une galerie de détraqués cachait d'abominables cadavres dans ses placards ?

Elle se levait pour appeler Antoine à l'aide quand on sonna. Elle jeta un coup d'œil à sa montre et son visage s'illumina : c'était Sam de retour de son émission. Elle bondit vers la porte, mais un dernier sursaut de prudence l'arrêta :

– Sam, c'est toi ?

– Oui.

Elle ouvrit et comprit instantanément ce que la réponse laconique du jeune homme avait d'insolite, car s'il y avait bien Samuel devant elle, il avait le pistolet de Scooter dans le dos, et Costard venait de mettre un pied dans le chambranle de la porte en demandant poliment : « On peut entrer ? »

## 13.
## SCOOTER, TOUJOURS PRÊT !

Samuel fut propulsé dans l'appartement avant de recevoir un violent coup de crosse de pistolet asséné par Scooter, qui ne lui laissa pas le loisir de réfléchir à une quelconque défense. Il s'effondra sous les yeux horrifiés de Chloé, qui voulut se pencher vers lui, mais Costard la repoussa brutalement ; il avait un compte à régler avec elle. Les deux hommes ne perdirent pas de temps. Gabriel les avait interrompus au moment où ils s'apprêtaient à entrer et ils avaient sans doute été se cacher dans l'escalier conduisant au toit. Mais le temps n'était pas aux explications et la jeune femme se garda bien d'en demander. Ses agresseurs abandonnèrent le corps de Sam sur le sol de la salle de séjour et Scooter se rendit dans la chambre d'où il revint rapidement avec dossiers et disquettes. Sur un simple signe à son acolyte, ils poussèrent Chloé sur le palier et d'un geste brutal Costard referma la porte qu'il verrouilla avec la clé cueillie sur la serrure. Dans l'escalier, ils croisèrent la mère Gomez, que Scooter projeta littéralement contre le mur, entraînant un chapelet de jurons franco-espagnols où il était question de la profession supposée de Chloé, de ses clients, de leurs aïeux, de leurs pratiques sexuelles et de leurs animaux favoris. Sans doute les taureaux !

En bas, pendant que son garde-chiourme gardait Chloé en lui serrant un poignet contre lui, Scooter alla chercher un break Volvo qu'il arrêta sur le trottoir devant eux ; et cette fois la jeune femme monta docilement à l'arrière avec son chevalier servant. La voiture partit à faible allure, prête à respecter toutes les règles du code de la route, par discrétion.

Aucune parole n'avait été prononcée par l'un des trois occupants du véhicule depuis l'entrée des deux hommes dans l'appartement de Chloé, et ce silence persistant la glaçait au point qu'elle en fermait les yeux, comme pour échapper par un acte magique à sa situation peu reluisante. Elle ne s'intéressa guère au chemin qu'ils prenaient ; de toute façon, et c'était le plus angoissant, ils ne s'étaient pas plus souciés de le lui cacher leur route qu'ils ne s'étaient préoccupés de dissimuler leur visage. Elle attrapa du coin de l'œil le lion de Belfort remis à neuf, perdit le moral définitivement sur l'autoroute du Sud et se laissa ensuite basculer dans une vague somnolence, en phase avec la chute du jour et le ronronnement du moteur.

Elle ne reprit contact avec le monde extérieur qu'à la hauteur de Palaiseau, en direction d'Orléans. Muré dans son mutisme, Scooter conduisait toujours avec une extrême prudence dans une circulation fluide. Costard ne quitta son immobilité que pour sortir d'une poche un paquet de chewing-gum dont il offrit une tablette au chauffeur, mais pas à Chloé, en goujat qu'il était. Scooter alluma ses codes dans une descente, au moment où une camionnette surgie de la gauche lui coupa la route pour sortir devant eux. Impassible, le chauffeur de la Volvo freina et s'engagea à la suite de l'autre véhicule sur une bretelle en direction d'Orsay. Scooter ne devait pas très bien connaître leur itinéraire final car peu après il se trompa, fit un demi-tour, puis un autre et ils se retrouvèrent à nouveau dans une descente filant droit sur un viaduc. Ils tournèrent à gauche juste avant le pont dans une côte assez abrupte, bordée de pavillons. Cette fois, sans hésitation, le chauffeur ralentit à la hauteur d'une maison d'un étage construite à flanc de colline.

Scooter sortit une télécommande et ouvrit la porte d'un garage situé en pente raide, en contrebas de la rue et du bâtiment. Lorsque la voiture s'immobilisa, bousculée par son gardien pour l'engager à sortir, Chloé rassembla ce qui lui restait d'humour pour se faire une boutade cinéphilique à usage interne : « Les cadavres ne portent pas de costards, mais Costard pourra porter mon cadavre ». Mais si elle sourit pour elle-même, elle se garda d'en faire part à ses gentils accompagnateurs qui ne devaient fréquenter que Van Dame et Schwarzenhegger comme héros de cinéma ; elle pouvait se tromper car les clichés ont la vie dure.

En file indienne, ils parvinrent à un demi-étage parcouru par un couloir sur lequel s'ouvraient trois portes. Ils entrèrent dans une sorte de buanderie, chichement éclairée par une ampoule nue pendue à son fil comme une araignée frileuse. Le sol bétonné était en parti recouvert d'un linoléum ; au premier plan un lave-linge monté sur un socle voisinait avec une chaudière à gaz endormie, des cordes vides striaient le plafond. Le fond de la pièce se perdait dans l'obscurité. Costard prit sur une étagère encombrée de produits de nettoyage une paire de menottes, dont il passa sans douceur un bracelet au poignet droit de Chloé. Il referma l'autre sur un des tuyaux de raccordement de la chaudière. Clouée au sol, la jeune femme se tortilla pour reprendre un semblant d'équilibre et dans le mouvement, elle se bloqua, poignet tordu, visage contre terre, ce qui fit grogner Costard de satisfaction. Scooter ayant quitté les lieux, elle tenta de questionner son gardien :

– Où est Louis Cohen ?

Il se contenta de ricaner. Elle ne s'avoua pas vaincue et reprit :

– Qu'est-ce que vous me voulez ?

– Tu…

Il n'eut pas le temps d'en dire plus, car son complice surgit à cet instant et gronda :

– La ferme ! sans préciser à qui il s'adressait.

Poussée par un incoercible besoin de parler, elle répéta :

– Qu'est-ce que vous me voulez ?

Les deux gangsters l'ignorèrent totalement et Scooter ordonna d'un signe à son complice de le suivre à l'extérieur, après avoir éteint la lampe arachnéenne. La buanderie n'était plus éclairée que par un mince rai de lumière filtrant sous la porte. Chloé fit de nouveaux efforts pour trouver une position moins douloureuse et elle y aurait réussi si elle n'avait entendu dans le noir du fond de la pièce un raclement léger qui l'inquiéta. Elle tendit l'oreille : le bruit ténu se reproduisit sans qu'elle puisse l'identifier. Était-ce une souris ? Un rat ? Elle s'apprêtait à tous les dégoûts quand elle perçut nettement un gémissement : un gémissement très humain !

Elle n'était pas seule. Elle appela et ne reçut pas de réponse. Puis elle se contorsionna encore, sans se préoccuper de la morsure douloureuse du bracelet sur son poignet, pour pouvoir avancer son corps sur le sol et placer sa tête au-delà de la chaudière, vers le fond de la pièce. Elle cria : « Oh, oh ! Quelqu'un ? ! » Toujours rien, elle recommença : « Oh, oh ! Répondez ! »

Le gémissement s'éleva, plus fort, plus distinct, suivi d'un frottement de vêtement, comme si un corps tentait de ramper sur le sol. La jeune femme eut une inspiration :

– Louis… c'est vous ? !

Et une voix chevrotante parvint à articuler :

– Oui… qui… qui est là ?

– Chloé ! L'étudiante ! L'amie d'Antoine Cavaignac !

– Ah…

Il y eut un silence, le vieil homme ne semblait pas très en forme. Chloé l'interrogea :

– Vous ne pouvez pas parler ?

– Si, un peu.

– Attendez, je vais vous questionner. Répondez par oui ou non. On vous a torturé ?

– Ils m'ont enlevé à l'hôtel.

– Vous savez où nous sommes ?

– Non.

Il parlait très lentement, avec difficulté, d'une voix assourdie, et la jeune femme se souvint de l'alerte cardiaque qu'il avait eue dans sa voiture.

Elle reprit :

– Notre rendez-vous, c'était eux qui vous ont obligé à m'appeler ?

– Oui, dé… désolé.

– Pourquoi, Louis ? Pourquoi tout ça ? ! !

Il ne répondit pas, sans doute replongé dans l'inconscient.

– Louis ! Il faut me parler Louis ! Allez ! Parlez-moi ! Faites un effort !

Dans son excitation, la jeune femme exerça une forte pression sur ses menottes et elle poussa un cri de douleur. Comme à un signal, le vieil homme parut retrouver un peu d'énergie :

– Est-ce que nous sommes seuls ?

– Oui, je les ai vus sortir.

– Alors vite, écoutez… Malucheau était un collaborateur… il… il a infiltré *Patriam Recuperare* et a dénoncé Grunberg… pour s'approprier ses tableaux.

– Oui, je…

– Laissez-moi continuer… j'ai… (il respira bruyamment) j'ai peur d'être au bout du rouleau.

– Mais…

– Malucheau a assassiné Rachel Grunberg qui n'a jamais été sa maîtresse. Quant à l'autre cadavre, identifié comme le sien dans les ruines du pavillon… (il cherchait son souffle), c'était celui d'un membre du réseau : un dénommé Paulin Neyret… un… un… (elle dut tendre l'oreille pour entendre la suite) un type sans famille, sans amis, dont Malucheau a usurpé l'identité pour racheter la galerie à la Libération et… faire réapparaître les toiles. À propos de lui, François…

– Le jeune homme assassiné ?

– Oui, François a localisé le repaire, en Savoie…

– Que voulez-vous dire ?

Le vieil homme fit un effort mais ne put répondre, Chloé reprit :

– Qu'est-ce qu'il a localisé ?

Louis retrouva son sourire de vieux gamin farceur, et se contenta de glisser dans un souffle :

– Vous avez trouvé mon énigme ?

La jeune femme ne put répondre, car la porte de la buanderie venait de se rouvrir.

## 14.
## SAMUEL DÉSOBÉIT

Des petits coups de langue râpeuse, chatouilleuse, guidaient Samuel vers la pleine conscience. Il se redressa, face aux moustaches d'Arsène, se releva, explora son crâne, trouva une grosseur suspecte au niveau de la nuque et grimaça sous les poussées d'une douleur voisine de celles qui cerclaient parfois sa tête dans les étaux de sadiques migraines. Il lui fallut quelques minutes et deux Aspégic, dont la boîte semblait l'attendre sur le bloc lavabo de la salle de bain, pour admettre que le plus urgent n'était pas ses misères mais les malheurs de Chloé.

Il appela aussitôt le portable d'Antoine, déclenchant la Symphonie numéro quarante Koechel 550 du frère Mozart, modifiée bastringue de grande surface. Personne ne lui répondit mais aussitôt une sonnerie de téléphone se déclencha dans l'entrée de l'appartement. Comme personne ne lui répondait et que l'autre sonnerie s'entêtait, il gagna l'entrée et découvrit l'appareil sonneur dans le sac de son amie, abandonné sur le plancher. Il décrocha, personne ; il raccrocha, revint au poste fixe, refit le numéro d'Antoine et le portable qu'il venait de poser sur le bureau se remit à sonner, lui révélant qu'il était en train de l'appeler. Le bibliothécaire avait confié son téléphone à Chloé. Mauvais plan de départ. Samuel appela chez Antoine, où il confia l'intégral de ses problèmes à un répondeur, en précisant qu'on pouvait le joindre sur le portable du bibliothécaire, qu'il mit dans la poche de poitrine de sa chemise.

Un sentiment d'urgence et le besoin d'agir pour calmer son inquiétude le dissuadèrent de joindre la police et lui inspirèrent un autre type d'appel : il avait besoin d'une voiture et le journal de son ami Olivier était à deux pas. Il appela :

– Pamplemousse, c'est Sam, j'ai besoin de ta poubelle de toute urgence... Non... enfin si, c'est pour une fille... J'arrive.

Après un signe d'adieu désinvolte à Arsène, il voulut sortir et se heurta à la porte fermée à clé. De rage, il shoota dans la porte. Mais sa fureur fut de courte durée, car dans le premier placard qu'il ouvrit dans l'entrée, il trouva trois jeux de clés, dont l'un était le bon. Dans l'escalier, il croisa Gilles qu'il salua d'un « je speede grave » qui dut laisser dans l'expectative l'expert en netlangue. Mais il ne rencontra pas madame Gomez, cachée derrière ses rideaux pour lorgner à l'abri ce copain de la fille Bourgeade qui ne déparait pas la collection de voyous qui avaient sali ses escaliers ce soir-là.

La rue des Archives, une autre, puis à toutes jambes, slalom, un croisement, un boulevard, la façade du magazine employeur de Pamplemousse, joyeux chroniqueur gastronomique. Une poignée de main, un bredouillement d'explications, pas besoin de plus, les papiers, les clés, le garage et il s'engouffra dans la circulation, direction la Seine, rue de Richelieu, pont du Carrousel. Le jeune homme filait là où il situait le cœur de l'affaire dans laquelle s'était fourrée Chloé : droit sur Les Infortunes de la vertu. Il y fut très vite, mais dans son désir de discrétion, il passa une première fois devant la boutique illuminée, sans trouver de place, et quand il fut garé au bout de la rue et revint sur le trottoir faisant face à la galerie, un homme au visage émacié fermait la boutique. Samuel se replia dans l'ombre d'une porte cochère et décida d'attendre que le type soit parti pour entrer par la cour.

Depuis la soirée du vernissage, le jeune homme connaissait une entrée privée donnant sur l'autre activité des lieux, et il savait tout des arcanes de l'introduction pour homme seul, après y être retourné avec Antoine. Mais les événements en décidèrent autrement. Une BMW conduite par Geneviève sortit de la cour et vint stationner moteur en marche dans la rue, attendant l'homme qui sortit avec un paquet enveloppant ce qui était de toute évidence un tableau. Au mépris de toute prudence, Samuel quitta son abri, en évitant toutefois de se mettre à courir, et gagna sa voiture en écoutant derrière lui le démarrage de la voiture de la galeriste.

Ne sachant trop comment filer une voiture, le jeune homme se laissa distancer, profitant d'une circulation suffisamment fluide pour ne pas l'obliger à de subtiles manœuvres et assez dense pour le camoufler. Sous l'effet de l'intense concentration que lui demandait cet exercice difficile eu égard à ses médiocres talents de conducteur, il ne ressentait plus aucune douleur au crâne.

Ils coupèrent le XIV$^{e}$ et le XV$^{e}$, traversèrent la Seine et filèrent sur Boulogne, où ils enfilèrent la rue de Paris jusqu'à la hauteur d'un entrepôt surmonté d'un panneau indiquant : « Planète 103, brocante, Roche et Fils ». La BMW s'arrêta, l'homme descendit, prit le tableau, entra dans l'entrepôt dont il avait la clé. Samuel en profita pour noter l'adresse sur la carte grise de son ami, le seul papier qu'il eut sous la main. Comme l'homme tardait à revenir, Samuel se demanda où il avait déjà vu ce visage à l'expression farouche et tout naturellement, il chercha du côté de sa soirée orgiaque. Il en était à se dire qu'il avait vu bien des visages et d'autres parties du corps ce soir-là, lorsqu'il réalisa que c'était moins le visage de l'homme – qu'il avait bien vu le soir du vernissage – que l'endroit où il l'avait entrevu qui l'avait frappé. C'était dans un bureau ; un bureau où il n'avait rien à faire, celui de Geneviève Neyret peut-être. Un bureau dont le mur face à l'entrée était décoré de deux tableaux. C'était ça l'important ! Ces tableaux entrevus avant que l'homme farouche ne lui claquât la porte au nez.

« Merde ! », il ne put aller plus loin dans son exercice de maïeutique, car « celui qui lui avait claqué la porte au nez et qu'il reconnaissait maintenant » était ressorti les mains vides et la voiture était repartie, obligeant Samuel à se concentrer sur sa conduite.

La course reprit par le pont de Sèvres, la montée vers Vélizy dans un flot de véhicules beaucoup plus dense que dans Paris. La vitesse augmenta, sa Coccinelle modèle 70 peina, mais la tombée du jour lui permit de mieux se fondre dans la circulation. À la hauteur de Meudon-Bellevue, les ennuis commencèrent. D'abord il s'aperçut que sa jauge ne marchait plus ou qu'il était presque à sec. Il injuriait silencieusement Pamplemousse lorsque le portable sonna. Il voulut prendre l'appareil posé sur le siège du passager avant, fit un écart sur la gauche aussitôt sanctionné par un coup de frein, des appels de phare et des avertisseurs exaspérés. Il retrouva sa file, tandis qu'une vague de chaleur l'envahissait, puis il réussit à caler le téléphone entre son épaule et son menton pour entendre Antoine :

– Où êtes-vous ?

– Au volant d'une voiture du côté de Vélizy, je course votre amie Geneviève et je n'ai plus d'essence.

Il regarda la BMW, qui venait d'accélérer dans un trou de la circulation. Il tenta de réagir, mais il n'avait aucune chance. Le véhicule piloté par la sulfureuse galeriste le planta là avec insolence.

– Antoine ?

– Oui.

– Ils viennent de me semer. Je ne sais pas s'ils m'ont repéré ou...

– Attendez... (un silence), je vois très bien où vous êtes, il y a une station-service pas loin devant vous. Allez faire le plein et je vous rappelle ; je viens d'avoir une idée.

Interloqué, le jeune homme se rabattit sur la voie de droite de l'autoroute où il se mit à rouler à faible allure, laissant passer dans un grondement démoniaque une de ces théories de monstres qui terrorisent l'Europe de leur vitesse et de leurs masses puantes. La station apparut. Il s'assura qu'il avait sa carte de crédit, fit le plein d'essence et attendit sur l'aire de stationnement. Wolfgang Amadeus le convoqua à nouveau, sans pitié pour son amour de la musique classique. Antoine l'appelait :

– Sam, je me suis souvenu que Geneviève m'a parlé d'une maison familiale dans l'Essonne, et vous allez droit dessus. Je viens de consulter le Minitel, il y a un Neyret, Paulin, au 12 rue Saint-Jean-de-Belœil à Orsay. C'est une chance à tenter.

– 12, Saint-Jean-de-Belœil (Samuel notait), bon, j'y vais.

– Sam.

– Oui ?

– Pas de bêtise, ça peut devenir dangereux. Vous restez dans les parages de la maison et vous m'attendez, j'y serai dans moins d'une heure.

– D'accord, et s'il n'y a personne ? S'ils repartent ?

– S'ils repartent, suivez-les, on improvisera après.

La Volkswagen reprit sa marche en douceur, franchit le plateau de Saclay et dans une descente, son conducteur surpris faillit manquer la sortie abrupte pour Orsay. Virage à droite, ralentisseurs, un centre ville désert, un panneau avec plan urbain, un arrêt repérage et Samuel prit le chemin de la demeure Neyret sans peine. Il remonta la pente, traversa la ville, sortit droit sur un viaduc et juste avant le pont, tourna à droite le long d'une côte serpentant entre des pavillons. Il monta jusqu'au bout de la rue, où il gara sa voiture face à la pente et redescendit face au 12. Il s'assura qu'il était seul dans les parages, à un ou deux chats près. La maison Neyret était une bâtisse d'un étage à flanc de colline. Tous ses volets étaient fermés, une lumière filtrait au rez-de-chaussée. La BMW n'était pas visible, mais il y avait un garage attenant à la maison.

Le jeune homme attendit. Il se passait peu de chose le soir en juillet dans la rue Saint-Jean-de-Belœil et le contraire eut été étonnant. Un ou deux passants promenant leurs chiens au rythme des émissions télévisées, et une voiture cherchant une place, l'obligèrent à se cacher entre des véhicules en stationnement. Il attendit une demi-heure avant de perdre patience. Puis il se décida à désobéir.

Il avait repéré qu'il était impossible d'approcher de la maison discrètement par la rue ; en revanche, une sente dégringolait sur un côté de la colline et rejoignait une ruelle en contrebas, qui longeait la propriété Neyret. Il y alla et découvrit qu'un pavillon bordé d'un petit jardin le séparait de son objectif. Il lui en fallait plus pour le décourager. Après s'être assuré qu'il était seul, il se hissa au sommet de la grille du pavillon, s'y tint en équilibre le temps d'accrocher sévèrement son jean, qui fit entendre une belle déchirure, puis il sauta en souplesse sur la pelouse du jardin. Pour se retrouver face à un gros, très gros chien, immobile, silencieux, bavant. Tétanisé, Samuel fixa la bête, attentif au moment où celle-ci allait lui sauter dessus, mais l'animal, plus sadique que le divin marquis, attendait. Le jeune homme se souvint qu'il ne fallait pas montrer sa peur : facile à dire face à un molosse écumant. Il pensa à Chloé, peut-être si proche, à la douceur de la peau de la jeune femme, leurs caresses, sa langue dans son oreille, il tenta de glisser sa bouche entre ses seins, le long de son ventre, et là, catastrophe, il aperçut Arsène, le chat ! L'autre enflure de chien allait le sentir, c'était sûr ! Vite il revint à Chloé, son duvet, le bout du voyage, et l'incroyable se produisit : écœuré, la bestiole émit un soupir et s'éloigna en trottinant vers une niche où l'attendaient les restes d'un repas interrompu par l'intrus.

Reconnaissant à sa douce amie, plus décidé que jamais à mourir pour elle ou presque, le frère Sam enjamba le mur couvert de lierre qui séparait le pavillon du malabar de clébard et atterrit cette fois dans un pré qui montait en pente raide vers une terrasse bordant la maison Neyret. Il s'avança ensuite avec précaution en terrain découvert, attiré par une lueur émanant d'une lucarne au niveau du sol.

À mi-chemin, le portable sonna. Il bloqua la symphonie récurrente sur la troisième note et écouta :

– Peter Pan ! Mon petit bouc lubrique, c'est Nini Vaseline, il faut qu'on…

Il coupa sauvagement, Antoine s'arrangerait plus tard. Souffle court, cœur à deux cents pulsations à la nanoseconde, trop paniqué pour bouger, il écouta, et c'était beau la nuit de juillet sur Orsay. Un groupe d'oiseaux retardataires froufrouta dans un arbre, un lapement lointain lui annonça le dessert de son copain canin, un peu de vent, beaucoup de lune. Mais rien d'inquiétant. Le jeune homme eut un flash qui le ramena à Boulogne devant le dépôt, avant de le conduire dans le bureau de la galerie, face aux tableaux. Mais ce n'était pas le moment ; tout comme le héros des *Fourmis* de Boris Vian qui se décide à lever le pied ankylosé posé sur une mine antipersonnelle, il se décolla du sol et se remit à progresser vers la lucarne.

## 15.
## CHLOÉ N'AIME PAS LA QUESTION

La porte de la buanderie s'était ouverte sur un groupe de connaissances de Chloé, une vraie petite famille : Scooter et Costard, Lame de couteau et... Geneviève Neyret : élégante, inquiétante, en tailleur-pantalon de cuir noir, ceinture sanglante sanglée à la taille par une boucle métallique à tête démoniaque. Elle fit quelques pas en direction de la belle captive et siffla :

– Qu'est-ce que vous faites dans mes pattes ?

Chloé tenta l'ingénuité :

– Je ne comprends pas ce que vous me voulez. J'écris des articles sur Vichy et les artistes, et un de mes amis a trouvé une coïncidence entre la galerie appartenant à un membre d'un réseau de résistants auquel je m'intéresse et la vôtre.

– C'est tout ?

– Oui.

– C'est déjà trop, conclut la galeriste avec un sourire désabusé.

Puis elle fit un signe à ses sbires en ajoutant :

– Allez le chercher, on va en finir.

Scooter et Costard filèrent vers le fond de la pièce, d'où ils ramenèrent un Louis inconscient ou feignant de l'être, en le traînant par les aisselles : ses pieds et bras étaient entravés par des cordes. Ils le déposèrent comme un mannequin sur le sol, le dos au mur.

– Ranimez-le ! commanda la mégère en cuir noir.

Costard fila dans un coin de la pièce où il pêcha un seau en plastique sur un évier, le remplit d'eau derechef, et vint asperger sans nuance le vieil homme, complétant son traitement par une paire de claques. Louis émergea des abysses. Chloé tenta alors une diversion :

– Vous devriez être prudente madame Neyret, il y a des témoins de ma première agression et de mon enlèvement de ce soir qui pourront remonter jusqu'à vous.

Ignorant son intervention, la virago aboya :

– Cohen, il faut en finir maintenant.

Elle claqua des doigts et, comme dans un ballet bien réglé, Costard retourna remplir son seau et piqua au passage un entonnoir. Scooter immobilisa alors Chloé pendant que son acolyte pinçait le nez de la jeune femme, puis il enfonça brutalement l'embout de l'entonnoir entre les lèvres de la jeune femme et la gava d'eau. Chloé but, recracha, but, régurgita, toussa, avala enfin sans défense le flot qui suivit.

– On peut la remplir comme une outre. C'est comme tu voudras, Cohen, reprit Geneviève, mais son estomac a des limites. En tout cas, ça nous en débarrassera proprement.

– Arrêtez, Madame veuve Malucheau, dit d'une voix à peine audible le vieil homme. Ce n'est pas la peine de m'impressionner en torturant la petite. Oui, je lui ai révélé la substitution d'identité Malucheau et de ce pauvre bougre de Neyret. Oui... (il souffla) j'ai identifié les tableaux volés et leur provenance, et j'ai les preuves de l'assassinat de Rachel et de Paulin Neyret...

– Je me fiche de tout ça, où est le document ?

– Je lui ai donné l'enveloppe, mais je ne sais pas ce qu'elle en a fait.

L'eau qui demeurait dans ses poumons et sa trachée-artère ne suffoquait pas plus la pauvre Chloé que les révélations de Louis Cohen : en faisant croire qu'elle détenait le document en question, le salopard voulait sauver sa peau ! Mais à peine eut-elle émis cette horreur qu'elle réalisa ce que voulait réellement faire le vieux bonhomme : il se sacrifiait pour elle en lui gagnant du temps, car les affreux étaient maintenant contraints de vérifier en sa compagnie la présence de documents, là où elle les emmènerait. C'était à elle de jouer !

Geneviève hésita, elle allait donner des ordres lorsque Lame de couteau, qui était demeuré près de la porte ouverte, s'éclipsa à toute vitesse. Par réflexe, les duettistes sortirent leurs armes et se postèrent près de l'entrée. D'un claquement de doigts, leur patronne les rappela à l'ordre :

– Tu dis peut-être la vérité, Cohen, on va vérifier. Faites-la boire encore et on va voir si elle confirme.

L'eau coula à nouveau dans la bouche de Chloé. Affolée, suffoquée comme une noyée, elle gargouilla : « l'enveloppe est chez moi ! » avant de voir au travers de ses larmes Samuel entrer dans la buanderie avec le revolver de Lame de couteau dans le dos. Dans un monde ouaté, décalé, au bord du réel, des sifflements dans les oreilles, elle entendit sa tortionnaire :

– D'où sort-il celui-là ?

– Il nous a suivis. Il me semblait bien avoir repéré sa Volkswagen pourrie, l'informa Lame de couteau.

Geneviève fit un signe et pour la deuxième fois de la journée un coup de crosse s'abattit sur la tête du jeune homme, qui s'effondra sur le linoléum dans la pose étudiée d'un Pompéien momifié par les cendres du Vésuve.

– Va chercher sa voiture et amène-la dans le garage, ordonna la veuve Neyret-Malucheau à Costard, qui s'exécuta illico.

Muet, Louis Cohen ne voyant plus comment gagner encore du temps, prit une décision, au moment même où, après quelques hoquets, Chloé s'évanouissait.

– Ranime-la et décroche-la. On a assez perdu de temps, on va aller chez elle. Lionel (elle s'adressait à Scooter), tu resteras avec...

Un hoquet violent l'interrompit, mais ce n'était pas Chloé cette fois, c'était Louis, qui avait volontairement cessé de respirer et avait atteint son but avec rapidité : raidi, yeux révulsés, il glissa contre le mur. La femme se précipita vers lui et tâta son pouls :

– Le vieux salaud, il est mort !

Ce fut l'épitaphe de Louis Cohen. En femme d'action, Geneviève Neyret réagissait déjà :

– On part chez la fille.

À ce moment-là, Samuel geignit et tenta de se relever, Lionel-Scooter lui asséna un nouveau coup qui le ramena au tapis. Du garage parvinrent le ronflement caractéristique d'un moteur de Volvo manœuvrant et un claquement de portière. Puis une succession de bruits nettement moins identifiables. Geneviève et Lame de couteau se regardèrent.

## 16.
## DU CÔTÉ DE CHEZ SWING

L'homme de main en chef de Geneviève quitta la buanderie pour la seconde fois, revolver braqué sur tout ce qui pourrait bouger. Lorsqu'il déboula avec prudence dans le garage, il lui fallut toute sa maîtrise de truand pour ne pas réagir devant un enchevêtrement de corps qui s'agitaient entre la BMW et la Volkswagen. Porte du conducteur ouverte, la Volvo était restée sur le seuil du garage, coupant le faisceau photo-électronique commandant l'ouverture. Lame de couteau avança lentement, suivant du canon de son arme l'évolution des membres agités de deux hommes qu'il finit par identifier : Costard et... l'expert en bouquins qui tentait de fricoter avec la patronne depuis quelque temps. Le connard !

Le gangster avait certes une bien plus grande habitude de se battre que son adversaire, mais Antoine, usant de tout son poids, l'avait coincé entre les carrosseries des véhicules. L'espace était si restreint qu'aucun des combattants ne pouvait porter de coup violent. Ils grognaient, gesticulaient, et louchaient vers le pistolet que Scooter avait lâché sous l'effet de la surprise, au moment où Antoine s'était jeté sur lui. L'arme gisait sous la BMW, hors de leur portée. Dans l'impossibilité de tirer, Lame de couteau se décida cependant à agir et il tenta de frapper Antoine à la tête, mais il ne réussit qu'à asséner un coup du canon de son revolver sur l'épaule du bibliothécaire.

Aiguillonné par la douleur, Antoine se cabra et, prenant appui contre la portière de la Volkswagen il pivota sur les fesses et projeta de toutes ses forces ses jambes en direction de Costard, qu'il colla contre l'autre voiture. Puis, avec l'énergie du désespoir, avant que l'autre gangster ait pu bouger, il plongea lourdement vers le pistolet. Il s'arracha un morceau de peau de la main droite, mais elle tenait l'arme et, dans le mouvement, il avait contourné le véhicule en direction de l'escalier, contraignant ses ennemis à faire la même manœuvre dans l'autre sens. Costard s'était réfugié auprès de son boss, entre la voiture de Pamplemousse et la Volvo. Tous deux ignorants que les seules occasions d'user d'une arme à feu avaient été offertes à Antoine dix ans auparavant, à la foire du Trône. Il y eut un round d'observation et le bibliothécaire comprit qu'il n'avait pas forcément pris la bonne décision. Il s'était dirigé vers l'intérieur de la maison dans son désir de venir en aide le plus vite possible à Chloé, et peut-être à Samuel, qui pouvait aussi être prisonnier de la bande. Mais dans ce mouvement, il laissait à ses adversaires une possibilité de contourner le bâtiment pour le prendre à revers ; sans compter que le danger pouvait aussi venir de l'intérieur. Comme Lame de couteau n'était pas un imbécile, il avait déjà ordonné à Scooter, honteux après son exploit, de filer sur le côté droit de la maison ; ce que fit en rampant avec une agilité toute simiesque son acolyte, profitant de la protection de la portière de la Volvo toujours largement déployée. Il fut aussitôt hors du champ de vision et de tir du bibliothécaire, qui n'avait pas un instant songé à lui tirer dessus. Antoine entreprit alors de reculer vers l'escalier, ce qui déclencha l'artillerie du gangster, arrachant des morceaux de pierre à une marche, dont l'un érafla une joue du fuyard. Le bibliothécaire riposta, ou plutôt, visant au jugé du côté de son adversaire, il pressa la détente de son pistolet en montant en crabe vers la porte salvatrice. Le pare-brise arrière de la Volvo explosa en mille éclats de rire et deux autres balles se fichèrent dans l'arrière de la Coccinelle sous formes d'étoile et de zigzag. Trois projectiles passèrent l'entrée du couloir avant Antoine, témoignant que Lame de couteau devait être meilleur à l'arme blanche.

Obéissant davantage à l'énergie panique qui l'animait depuis le début des hostilités qu'à une action déterminée, le bibliothécaire fila droit sur la buanderie au lieu de monter au rez-de-chaussée. Mais sa course folle l'entraîna à pénétrer en force dans les lieux, arme pointée devant lui en beuglant « Chloé ! ! ! » à tout hasard. Comme le hasard était avec lui, il traversa la pièce et fonça sur Geneviève, interdisant à Scooter – gêné par la garde de Chloé démenottisée – de réagir malgré son professionnalisme, du fait de l'exiguïté de la pièce. Comme il l'avait vu faire au cinéma, Antoine braqua son arme sur la nuque de la galeriste.

Puis tout alla très vite. Réagissant avec sang-froid malgré son état de faiblesse, Chloé échappa à Scooter et bondit auprès de son Tonio. Ce fut le moment que Samuel choisit pour émerger, embrasser la scène et en silence filer vers un bac à outils, d'où il revint avec une pelle ayant servi autrefois à enfourner du charbon. Il en asséna un formidable coup sur le crâne du gangster qui tenait en joue le couple Antoine-Geneviève, vengeant dans la douleur la triple agression dont il avait été victime ce soir-là. Lionel dit Scooter lâcha son pistolet qui chuta sur le bord du lino, tandis que le malfrat piquait du nez droit sur l'aire bétonnée. Sam récupéra l'arme, un coup de feu partit dans un bris de verre et un cliquetis de chaudière touchée ; mais ce n'était pas de son fait :

– Sam, fais gaffe ! La lucarne !

Antoine avait vu la silhouette de Costard apparaître derrière la vitre. Il suffit aux trois amis et à leur otage de se placer hors du rayon de tir du bandit. Celui-ci, son coup raté, disparut immédiatement.

Sans paraître affectée par la situation, Geneviève ne bronchait pas. Elle attendait la suite, avec peut-être un peu d'impatience. Les deux hommes se concertèrent : sortir de la buanderie, même avec un bouclier humain, était difficile pour des aventuriers non pratiquants, mais ils n'avaient pas le choix et plus ils agiraient vite plus ils contrarieraient leurs adversaires.

Antoine s'approcha de l'encadrement de la porte et cria :

– Nous tenons Geneviève. Dégagez l'escalier qui va au garage et montez au rez-de-chaussée !

Un bref silence, et Lame de couteau, d'une voix sèche :

– D'accord.

Samuel entrouvrit la porte, pistolet pointé vers le palier où devait se tenir leur ennemi ; l'air d'autant plus féroce qu'il avait à nouveau un terrible mal de tête et peu de chance d'avaler un cachet dans l'immédiat. Lame de couteau ne se manifestant pas, le jeune homme fit signe à Chloé et Antoine de suivre en poussant Geneviève devant eux. Le groupe progressa dans le style méfiant des Dalton entourant Lucky Lucke du quadruple braquage de leurs six coups. Dans le garage, le bibliothécaire désigna la Volvo à Chloé. Elle courut vers la voiture, pendant que Sam assurait leurs arrières. Elle s'installa au volant puis ressortit aussitôt, catastrophée :

– Il n'y a pas la clé !

Malgré leur pratique du film et du livre policier, aucun

d'eux ne savait comment diable on faisait démarrer une voiture sans la clé de contact.

Flottement, léger sourire de Geneviève. Soudain, Antoine réalisa que la situation était beaucoup plus grave que prévue : Costard ne devait plus attendre gentiment derrière la lucarne de la buanderie et il avait très bien pu suivre leur pérégrination, tout en opérant une jonction avec Lame de couteau. Il n'eut pas à attendre pour vérifier son hypothèse : la voix de Costard s'éleva de la droite de la maison, à l'alignement de la Volvo :

– Je tiens la fille au bout de mon flingue.

Antoine soupçonna un bluff, mais le regard consterné de Chloé confirma. Geneviève tenta de profiter du changement de situation en bousculant Antoine pour se jeter derrière une voiture. Surpris, le bibliothécaire ne put s'empêcher de tirer dans le sol une balle qui ricocha sur une aile de la Volkswagen et s'envola dangereusement du côté de Chloé. Mais Geneviève ne put profiter de la confusion car Sam, demeuré très vigilant depuis ses agressions, allongea sans aucune élégance un terrible swing à la galeriste qui tourbillonna comme une feuille d'automne et se mit à genoux, sonnée et finalement impressionnée.

La voix de Lame de couteau parvint de l'escalier du rez-de-chaussée :

– Geneviève ? !

Antoine répondit :

– Elle va bien, elle n'a pris qu'un coup-de-poing.

– Qu'elle parle ! grogna l'osseux personnage.

Le bibliothécaire releva la galeriste et lui fit un signe énergique du menton. Mais la main crispée sur sa mâchoire douloureuse, les yeux mi-clos, elle n'était pas en mesure d'émettre le moindre son. Ce qui sauva la situation fut l'initiative heureuse de Chloé qui bondit dans la voiture et referma la portière, sans que Costard ait pu même envisager de tirer. Quand il le fit, la jeune femme avait traversé la voiture à quatre pattes et était ressortie de la même manière pour filer se mettre à l'abri du côté du jardin en pente. Pour éviter toute fausse manœuvre à Lame de couteau qui les menaçait, Samuel avait mis Geneviève debout et la maintenait devant lui, groggy mais vivante à l'évidence. Antoine surveillait la réaction de Costard, un peu lent, mais imprévisible. Le gangster s'entêta et sans prendre garde à eux, il avait à son tour profité de la protection de la Volvo pour filer aux trousses de la jeune femme. Il eut été sage de le courser aussi, mais le bibliothécaire, doutant que Sam se débrouillât seul face à Lame de couteau, décida de ne pas bouger. Confiant dans la valeur d'échange que représentait Chloé pour lui sauver la vie.

Il demanda donc à leur adversaire intérieur de s'avancer dans le garage en plaçant ses mains en évidence sur le toit de la Volkswagen, pour leur laisser gagner le rez-de-chaussée où ils pourraient cette fois se barricader et voir venir.

Tout alla bien jusque dans l'escalier, où ils tombèrent sur Scooter qui s'était équipé dans la maison d'un pistolet-mitrailleur et n'entendait pas s'embarrasser de fioritures. Antoine en eut le net sentiment et tira le premier. Dans l'étroite cage d'escalier, il n'avait guère de chance de le manquer et de fait, après avoir visé les jambes, Antoine décora le front du gangster d'une étoile flamboyante, tandis que le malheureux Scooter étoilait à son tour le mur face à lui d'une giclée de projectiles qui n'atteignirent personne, par miracle. Puis le truand dégringola les marches comme un pantin sans ficelles.

Profitant une fois de plus de la confusion, Geneviève, qui avait récupéré en douce, faucha Samuel d'un balayage du pied droit. Certaine de ne pas être abattue de sang-froid par Antoine, elle put s'enfuir vers le garage et son complice. La donne avait encore changé et la situation se dégradait à nouveau pour Antoine et Samuel : Chloé dans la nature, peut-être en danger, et eux bloqués dans le salon, où ils se réfugièrent, hors de portée de la montée de l'escalier, quasiment inaccessible du dehors, mais incapables de bouger.

– On a un problème, dit Samuel qui avait des bouffées d'humour entre deux vagues de trouille.

Il regarda son compagnon en se demandant s'il voyait comme lui, en noir et blanc, la première image de *Cul-de-sac* de Polanski, où un bandit immobilisé par une blessure dans une voiture sur une jetée de terre contemple avec une inquiétude toute britannique la marée monter le long du véhicule. Mais Antoine, qui manifestement n'avait pas vu le film, reprit :

– Et Chloé en a un aussi.

## 17. MOLO LE MOLOSSE

Les deux hommes réfléchirent un long moment à la fine stratégie qui allait leur permettre de venir en aide à leur amie sans se faire tuer. Sans succès. Soudain, ils entendirent avec inquiétude des cris et piétinements du côté du garage et une détonation venant de la terrasse.

– Bon Dieu ! Chloé ! blêmit Samuel, la mine plus défaite que jamais.

Antoine se précipita courageusement vers l'escalier, mais plusieurs coups de feu claquèrent en bas et le bloquèrent à mi-parcours. Pendant ce temps, Sam composait frénétiquement le numéro de Police secours. Par chance il eut tout de suite un interlocuteur, qui lui promit une intervention musclée d'autant plus rapide que tous les services locaux de police étaient déjà en alerte du côté de la maison Neyret. Antoine, qui s'était replié et avait entendu l'appel de son compagnon, se souvint alors :

– Avant de venir, j'ai appelé un copain de lycée, un commissaire qui bosse à la brigade criminelle de la préfecture de Police de Paris. J'ai téléphoné de la même station-service que celle où tu t'es arrêté. Il m'a promis de contacter le service de police judiciaire de Versailles, pour qu'ils envoyent des spécialistes des coups durs.

– Le GIG ?

– Ça c'est les « Grands Invalides de Guerre ». Non, dans le genre, c'est le GIGN.

– Les Grands Invalides de Guerre Nationaux.

– Débile. Le GIGN, ce sont des gendarmes ; chez les flics c'est le RAID.

– Nettement plus sexy, pouffa Samuel ; et leur tension était telle qu'ils éclatèrent de rire comme des collégiens dans une cour de récréation.

– Ça veut dire Recherche Assistance Intervention Dissuasion, précisa Antoine.

– Comment tu sais tout ça ?

– Mon père était flic et j'ai gardé pas mal d'amis chez eux.

– C'est une érudition comme une autre.

Ce fut au cours de cette insolite discussion de salon, compte tenu des circonstances, qu'un premier puis un deuxième homme déboulèrent dans la pièce, armes braquées devant eux. L'espace d'une seconde, Antoine pensa à des complices de Geneviève, mais il entendit instantanément le « Police ! » hurlé par l'un des attaquants et il enregistra dans l'instant les brassards décorant les chemises des deux hommes.

À toutes fins utiles, Antoine et Samuel levèrent les bras dans un bel ensemble. Tandis que Sam, d'une petite voix blanche répondait :

– Ah ! Tiens ! Je viens de vous appeler, admiratif devant tant de célérité.

– Négatif, répondit un des policiers, ce sont des voisins qui nous ont prévenus qu'on tirait des coups de feu par ici.

Les premières explications suivirent. Les policiers venaient du commissariat d'Orsay, et le commandant Antier, le premier apparu, récupéra l'artillerie des deux assaillis. Au milieu de cette scène de détente, une silhouette féminine se découpa sur le seuil et Antoine se leva d'un bond :

– Chloé !

La jeune femme s'avança en boitant, sa robe était

déchirée jusqu'à la taille et laissait voir une trace sanglante sur une cuisse.

– Les salauds ! cria Samuel.

Chloé eut vite fait de rassurer ses amis quant à ses agresseurs :

– J'ai dévalé la pente derrière la maison et j'ai sauté par-dessus le mur de la propriété en contrebas, Costard à mes trousses…

– Costard ? ? !

– Ah, oui il faut que je vous dise. J'ai baptisé nos petits amis Costard, Scooter et Lame de couteau, je vous expliquerai pourquoi plus tard.

Le commandant n'en perdait pas une miette.

Chloé poursuivit :

– Ma blessure, c'est l'infâme cabot de la baraque d'en dessous, une saleté de chien policier (elle regarda Antier), sauf votre respect (il opina du chef), qui m'a sauté dessus dès que j'ai posé le pied sur son territoire…

– Il ne doit pas aimer les femmes, commenta Samuel.

– Pourquoi ? demanda la blessée.

– Je t'expliquerai plus tard, moi aussi.

– Quand tu voudras.

Elle fronça les sourcils puis reprit :

– Pendant que le molosse me bouffait la jambe, j'ai entendu quelqu'un appeler : « qu'est-ce qui se passe mon Chichounet ? » et le maître du Chichounet est arrivé en pyjama. Un vieux encore plus féroce que son molosse, hurlant à la violation de propriété, au massacre d'animaux, et me menaçant de la police. Alors là, je l'ai pris au mot et dès qu'il a fait lâcher prise à sa bestiole, j'ai foncé sur son téléphone, qu'une abominable mégère a tenté de m'interdire, pendant que l'autre braillait dans mon dos qu'il ne voulait pas d'ennui. Des vieux cons !

– Pas de racisme anti-vieux, veux-tu ! répliqua Antoine.

– D'accord, ces deux délicieux petits vieillards m'ont ensuite aimablement suggéré de ne pas repasser sur leur propriété personnelle et de retourner de là où je venais par la rue. Ça m'a évité une nouvelle entrevue avec leur chien et une autre avec Costard, qui devait m'attendre.

– Ben dis donc, quelle aventure ! s'étonna Antoine.

– Une cigarette ou je meurs, implora la jeune femme ignorant son ironie.

– Je croyais que tu...

– On ne croit plus rien, on donne du rhum et une cigarette à la pauvre blessée, rétorqua Chloé en se vautrant dans un canapé rigide très tendance.

Le commandant comptait les points. Antoine voulut parler, mais il fut interrompu par des ululements de sirènes, une cacophonie de claquements de portières, moteurs de voitures, éclats de voix, et pour finir l'apparition d'un policier en uniforme qui s'adressa au commandant :

– Commandant, vous voulez venir, il y a un de ces binz dehors.

– Suivez-moi, dit Antier aux trois amis retrouvés, vous me serez peut-être utiles.

Au dehors, il y avait trois ambulances qui manœuvraient et une équipe de Police secours dans une voiture de service. Explications au milieu des ambulanciers qui débarquaient des brancards : la première équipe, celle du commandant Antier était arrivée dans une voiture banalisée, sans gyrophare. Les quatre hommes en patrouille, appelés par leur central, étaient tombés sur Lame de couteau, assis sur un brancard, grimaçant de douleur, se tenant le bras blessé par un des hommes d'Antier qui avait voulu l'intercepter à la porte du garage.

Devant la gravité des événements, le commandant de

police décida de recourir à une procédure dépassant la simple équipe de sécurité publique qu'il dirigeait. Un enlèvement, des morts violentes, une affaire relevant vraisemblablement du grand banditisme, ça dépendait de la brigade criminelle du SRPJ de Versailles et du cabinet du Préfet. Mais il était heureux d'avoir maîtrisé l'action sur le terrain, évitant l'intervention des cow-boys du RAID.

Il n'eut cependant pas le temps de composer le numéro. Deux voitures banalisées, mais leurs sirènes au comble de l'excitation, grimpaient la rue en vrais pros de la lutte contre le crime. La police judiciaire de Versailles déboulait, étonnée de voir qu'elle avait été devancée.

– J'allais vous appeler monsieur le divisionnaire, s'étonna Antier, qui connaissait le patron du service versaillais.

– On a été contactés de Paris, mais le naze qui avait filé le tuyau était tellement paniqué qu'on nous a expédiés à Saclay au lieu d'Orsay.

Antoine, qui avait laissé traîner ses oreilles, piqua un fard et se garda bien de se dénoncer.

D'autres véhicules arrivaient. Le commissaire reprit :

– La routine maintenant, mais je me demande où sont les gars du RAID, ils nous suivaient.

– Le RAID ! ?, le commandant hocha la tête : ils vont arriver après la bagarre.

– Bah, plus on est de fous, plus on rit, conclut son collègue qui s'enquit enfin de l'état des lieux, tandis qu'une flopée de spécialistes investissaient le coquet pavillon Neyret.

– Et Louis ! ?

Dans la cohue, Chloé s'inquiéta enfin du sort du vieil homme qui avait sacrifié sa vie pour elle. Suivie de ses deux amis, elle boitilla vers la buanderie, croisant au passage les policiers faisant les premières constatations autour du cadavre d'un dénommé Lionel Vairnon, qui ne saurait jamais qu'une jolie fille l'avait baptisé Scooter. À cette vue, Antoine ressentit un violent sentiment de honte, le contrecoup de cette mort qu'il avait provoquée. Il comprit soudain qu'il était sorti du virtuel, du cinéma, de la déréalisation dans laquelle l'avaient plongé les événements de la soirée. Il avait tué un être humain. Même son état de légitime défense ne parvenait pas à atténuer l'horreur véritable qui venait de s'emparer de lui à la vue de ce corps étendu, sans vie, sous une couverture blanche tachée de sang. Il n'était pas armé pour ça. Il fit un effort pour s'arracher à cette fascination morbide et à sa culpabilité pour rejoindre ses amis auprès d'un autre cadavre, sous une autre couverture. Louis était mort. Un homme, un médecin sans doute, s'affairait auprès de Chloé en lui donnant une explication possible de la mort de Louis par arrêt cardiaque. Il se releva en montrant la cuisse de la jeune fille :

– Il faudra tout de même aller faire voir ça à l'hôpital demain matin.

Chloé se mit alors à sangloter.

– Le contrecoup, commenta le médecin, mais elle indiqua de la tête le corps de Louis Cohen.

– Vous le connaissiez bien ? demanda l'homme et elle répondit d'une petite voix :

– Oui, c'était un adorable vieil homme, un érudit, qui était venu en France par fidélité à un ami disparu pendant la guerre.

Dans ses larmes, la jeune femme ajouta :

– Il a essayé de me sauver au dernier moment.

De manière plus terre à terre, Samuel s'adressa à son tour au médecin :

– Vous n'auriez pas des cachets ?

– Quel genre ?

– Pour le mal de crâne, j'ai pris beaucoup de coups ce soir.

– Faites-moi voir ça, dit le praticien.

Samuel tendit sa nuque et son crâne, faisant constater les grosseurs et filets sanglants qui la décoraient.

– Vous allez avoir quelques bosses, mais il faudra aussi que vous fassiez une radio de contrôle au plus vite, conclut le médecin en fouillant dans sa serviette.

Puis il reprit :

– J'ai tout ce qu'il faut pour les plaies par balles ou armes blanches, mais pour le mal de tête... (Il fouilla dans ses poches et retira son portefeuille, d'où il sortit un cachet d'Alka Seltzer tout fripé) Moi j'ai surtout des problèmes digestifs, mais prenez, ça ne vous fera pas de mal.

Le ballet des techniciens de scènes de crime avait commencé : photos, dessins des silhouettes sur le sol... et d'autres spécialistes s'agitaient autour d'eux. Le commandant Antier ouvrit un petit carnet et lu :

– Le type qui est en fuite, celui que vous appelez Costard, est sûrement Alain Truité, truand fiché au banditisme comme les deux autres, avec qui il a déjà été condamné dans des affaires de racket et de vol avec violence. Il est toujours introuvable, mais il ne peut aller loin, le quartier est à peu près bouclé.

Un médecin légiste venait de rejoindre son collègue généraliste avec qui il s'entretint avant d'examiner les cadavres.

Comme si elle avait voulu se faire pardonner de l'avoir oublié un instant, Chloé accompagna ensuite la dépouille de Louis jusqu'à l'ambulance qui allait l'emmener à l'institut médico-légal du département.

Des véhicules continuaient à se croiser, mais peu à peu la rue Saint-Jean-de-Belœil se calmait, les plus curieux des riverains rentraient chez eux après un dernier commentaire. Antier revint vers la maison avec les trois amis. Sur le seuil de la porte, ils entendirent un bruit venant de la terrasse, tandis que plusieurs policiers, armes dégainées, filaient dans cette direction.

– Costard ! s'écria Chloé.

– Truité ! grinça Antier.

Un petit groupe d'homme ne tarda pas à apparaître, dont trois étaient encagoulés et équipés façon brigade de choc. Escortés par des hommes de la PJ, ils encadraient en effet Costard-Truité dont une jambe de pantalon était arrachée. Au moment où ils arrivèrent devant la maison, l'un des hommes du RAID se mit de profil mais n'empêcha pas Chloé de voir que son fond de pantalon pendait lamentablement. Elle gloussa : « Chichounet ? » et le spécialiste grogna en levant les épaules. Costard la foudroya du regard, plus venimeux que jamais, et Samuel comprit qu'ils avaient tous suivi le même chemin de croix canin, mais que lui seul avait évité les canines du Chichounet.

Un des cagoulés appela dans un talkie :

– Kaway à Quatre Bis, la jonction est faite, amenez les bagnoles... Quoi ?... Le vieux vous a mordus... Vaccin antirabique... Non, c'est pas contre les juifs...

Puis il consentit à donner aux autres policiers l'explication de leur retard.

Contrairement aux fonctionnaires de Versailles, eux avaient opté pour une attaque à revers de la maison en passant par le domaine du Chichounet, qu'il avait fallu assommer ainsi que son maître pour les calmer. Un peu déçu d'arriver presque après la bataille, malgré leur prise, le commissaire dirigeant l'équipe du RAID rappela que sans l'andouille qui les avait égarés, ils auraient certainement pu éviter le bain de sang survenu dans la maison ; comme il regardait Antoine par hasard, le bibliothécaire sifflota, en admirant la richesse du ciel étoilé au-dessus de lui.

À cet instant, et à cet instant seulement, Samuel plissa le front encore plus fort que la douleur ne le lui commandait et demanda, comme une formalité :

– Geneviève Neyret, vous l'avez embarquée tout de suite ?

– Qui ça, s'étonna Antier, encore un de vos surnoms ?

– Non, répliqua Chloé, effarée, c'est la patronne des gangsters qui m'ont enlevée, la maison est à elle !

– Nom de Dieu ! jura Antier, mais on ne l'a jamais vue celle-là !

Le commissaire divisionnaire versaillais s'enquit :

– Elle était armée ?

– *A priori* non, répondit Antoine.

– De toute façon, elle n'ira pas loin, affirma le policier.

La machine policière se remit en place à coup d'appels, signalements, nouveau quadrillage, patrouilles, sirènes, gyrophares. Les véhicules qui partaient rencontrèrent la moto du substitut du procureur d'Évry, suivi de très près par la Peugeot du sous-préfet de Palaiseau.

En contrepoint à la nouvelle vague d'agitation, Samuel se souvint encore :

– Il y a un endroit que vous devriez faire surveiller, elle pourrait y passer. C'est un dépôt de je-ne-sais-quoi à Boulogne. Je l'ai suivie pour venir ici et un de ses complices y a déposé un tableau. Or, le vieil expert qui est mort nous avait proposé une énigme, dont la clé pourrait être un tableau représentant peut-être une pie et un gibet. Je vais vous donner l'adresse.

Il fila vers la Volkswagen, d'où il revint avec la carte grise de Pamplemousse. Antier reprit à nouveau ses entretiens téléphoniques et, quelque part dans Paris, des policiers partirent en planque du côté de chez Roche et Fils.

Dans l'heure tardive qui suivit, les trois aventuriers malgré eux s'entretinrent avec les enquêteurs de la PJ de tout ce qu'ils pouvaient savoir de l'affaire Neyret-Malucheau, en commençant par le cadavre d'un jeune homme prénommé François, amateur d'art et de jeux d'esprit, et sans doute découvreur, selon Chloé, d'un repaire savoyard recherché par Louis Cohen.

Après que Chloé et Samuel eussent fermement refusé de se faire examiner à l'hôpital immédiatement, le trio sortit bientôt de la maison, avec un rendez-vous au SRPJ pour le lendemain.

La nuit filait droit sur l'aube, ils subissaient le contrecoup des émotions vécues pendant ces dernières heures. La Volvo avait été emmenée ; ils montèrent dans la voiture trouée du journaliste, gagnèrent le sommet de la pente et tournèrent pour redescendre la rue Saint-Jean-de-Belœil, mais ils furent vite arrêtés par un agent, car deux autres policiers venaient d'intercepter un break Renault bourré de tableaux. Un type au crâne rasé sortit interloqué de son véhicule, tandis qu'Antier, appelé sur les lieux se ruaient sur les toiles en faisant signe aux héros d'Orsay de venir voir. Déjà l'individu attestait qu'il était peintre et qu'il habitait le pavillon voisin de celui de Geneviève, qu'il ne la connaissait pas et donc qu'il ignorait qu'elle tenait une galerie. Chloé jeta un coup d'œil à l'arrière du break et apprécia une série de peintures représentant les toits d'une ville maritime en plongée :

– Pas mal, dit-elle au peintre, où exposez-vous ?

– À Dinan.

– On aura peut-être une adresse à Paris pour vous. Pas

vrai Antoine ? Elle s'était tournée vers le bibliothécaire avec un sourire ironique.

Une sonnerie et Antier leur répéta :

– Le dépôt de Boulogne sert à un soldeur de BD, mais ça peut être une couverture.

Ils remontèrent en voiture et dans sa précipitation Samuel se cogna la tête dans le rebord du toit. Les étoiles quittaient une à une le ciel d'Orsay.

La voiture ronfla paisiblement vers Paris, Sam en fit très vite autant, couché en travers de la banquette arrière. Muette, la jeune femme, qui souffrait de maux de ventre qu'elle hésitait à attribuer à la faim ou au traitement liquide qu'elle avait subi, se laissa envahir par des images où revenaient Louis Cohen, une pie voleuse, le buste d'une femme carbonisée, un salopard, et une veuve noire en liberté qui lui donnait un sentiment de malaise, voire de peur.

À leur arrivée sur le périphérique, Samuel se réveilla et tout ébouriffé, pêcha dans une de ses poches de pantalon le portable d'Antoine et lui tendit par-dessus son épaule en rigolant :

– Tiens ton engin, c'est quand même pratique, figure-toi qu'il y a Nini Vaseline qui t'a appelé…

Le conducteur grommela comme un ours en mal de miel, et Sam ajouta, sans pitié :

– Elle t'a traité de Peter Panpan et petit bouc lubrique. À mon avis, c'est une connaisseuse.

Puis il éclata de rire et Chloé reprit en chœur. Quand ils en vinrent aux hurlements, Antoine se joignit à eux en concluant :

– Qu'est-ce qu'elle va prendre, et à sec.

Et, quittant dangereusement la route des yeux, il aperçut sous son levier de vitesses le petit bout de papier sur lequel feu François avait écrit : « Tango chinetoque ».

## 18.
## LE TRIOMPHE DE LA MORT

Trop de lumière, il y avait trop de lumière, mais Chloé et Sam n'en prirent conscience qu'en fin de matinée le lendemain, quand le soleil eut lourdement insisté et qu'ils se fussent dressés dans le même lit, d'un seul corps douloureux, plus moulus que par une nuit d'amour. Aucune pensée amoureuse, aucune pulsion sexuelle ne les précipita l'un vers l'autre et, tels deux enfants innocents, ils échangèrent un souffle de baiser avant de se lever face au jour éclatant, éveillant Arsène qui constatait que des humains moyens pouvaient se comporter en félins, question somme de sommeil.

Chloé ronronna :

– J'ai la gueule de bois, comme après une cuite.

– Moi c'est la tête qui est en bois, se lamenta son partenaire en lui faisant admirer ses bosses.

Arsène miaula qu'il avait faim. Boite de Pompom Cat, caresses de bosses porte-bonheur, rires niais, douches, touche de maquillage pour elle, rien pour lui, habillage light et cache-blessure pour elle, vêtements puant la sueur de la veille pour lui, dégringolade de l'escalier, pied de nez à madame Gomez, trottoir, foule de midi, chaleur, bruits, faim, Dame Tartine, souvenir, Halles, FNAC, achat d'un CD du chanteur cap verdien Juan Loudes, métro, Notre-Dame, souvenirs, Tambour d'Arcole, croque-monsieur, croque-madame, pichet de Beaujolais, café, cigarette pour elle, visites aux sauveurs de l'Hôtel-Dieu, souvenir, examens de la jambe, pansement, radio de la tête, alouette, bon pour le service, pour les sévices aurait dit Antoine le sadien, qu'ils retrouvèrent plus tard pour leurs dépositions.

– Une affaire intéressante, commenta avec gourmandise le capitaine qui les reçut et les audita, ça devrait déboucher sur une cascade de vols et trafics d'œuvres d'art.

– Sans parler des révélations sur le passé, ajouta le bibliothécaire.

– C'est vrai, reconnut le policier, mais ça, c'est surtout votre rayon : un bibliothécaire et deux historiens, c'est le bonheur pour vous.

– Surtout pour moi, reconnut Chloé, c'est dans ma période d'étude, et je suis aussi journaliste.

– Justement, parlons-en, reprit aimablement le capitaine. Vous avez été remarquables, courageux, efficaces, dans cette affaire, mais (il passa sur un mode bourru) quand donc certains petits fouineurs comprendront-ils qu'il y a une police pour assurer certaines missions (tentative de molle protestation des accusés), surtout quand il y a mort d'homme. Vous auriez dû prévenir la police au moins après l'agression de mademoiselle (approbation vigoureuse des accusés). Mais non ! Vous avez voulu jouer aux détectives privés, comme à la télévision !

Devant les mines presque sincèrement consternées des accusés, le policier abandonna.

Samuel se permit une question pour faire diversion :

– Au sujet de mon tableau ?

– Ah oui, nous avons perquisitionné le dépôt à Boulogne. Les propriétaires sont hors de cause, ils sous-louaient un local dont ils n'avaient plus l'usage à Geneviève Neyret, honorable galeriste. Nous avons trouvé un certain nombre de toiles, du vrai et du faux sans doute, mais rien qui s'apparente à votre Brueghel.

Les jours suivants permirent aux deux jeunes gens de récupérer leur libido affaiblie et à Antoine de retrouver Nini Vaseline en tête à queue et autres postures scabreuses. Pendant ce temps, justice et police travaillaient. La dépouille de Louis Cohen fut réclamée par l'association juive pour la restitution des œuvres d'art spoliées par les nazis et leurs complices. Un lointain cousin américain de l'expert vint s'occuper des formalités et convoyer le corps. Chloé était à l'aéroport quand ils s'envolèrent. Geneviève Neyret demeurait introuvable.

Puis la vie les sépara quelques jours : Chloé s'échinant sur la fin de sa série d'articles ; Antoine, partagé entre son enfer et la commercialisation en librairie de son catalogue ; Samuel, revenu à sa thèse et ses émissions, fut le seul à continuer de traquer l'énigme laissée en héritage par Louis Cohen. Il obtint de la police de revoir le bureau de la galeriste. Aucun tableau de Brueghel n'y figurait, pas plus de Pierre dit « l'ancien » que de Pierre II le jeune ou d'enfer, ou même Jan dit « de velours ». Mais en soulevant la toile à l'emplacement qu'il avait attribué à un Brueghel, Samuel découvrit que la tapisserie était décolorée sur une surface plus petite que celle du tableau en place – une huile sur panneau d'un certain Jean-Robert représentant une bande de sphères pâles en folie dans un ciel de fin du monde au-dessus d'un temple en ruine – qui allait être enlevé, comme tous ceux de la galerie. Il ne dit rien aux policiers présents et se borna à demander à celui qui l'avait piloté de le prévenir s'il trouvait quoi que ce soit concernant le peintre flamand. Après tout, ce n'était peut-être pas un tableau qu'il cherchait, mais un dessin, voire un livre ou un document. Ce qui aurait bien été dans l'esprit joueur et tortueux de Louis Cohen.

Antoine était alors présent dans la galerie pour récupérer les documents et livres le concernant, et aider les experts civils et policiers à trier les œuvres amenées par l'expert américain pour l'exposition et établir le fonds Neyret. Trop occupé, il ne put que saluer le jeune homme en prenant hypocritement des nouvelles de la blessure de Chloé. Mais, pas exclusif pour un centime d'euro, il invita Sam à passer le voir à la BNF quand il voulait pour qu'il puisse y consulter une bibliographie Brueghel.

Sam ne tarda pas. Ce jour-là, la recherche ne fut guère difficile : au premier ouvrage et au bout de quelques dizaines de doubles pages de reproduction, le jeune homme tomba sur « l'œuvre » qu'il cherchait *: Le triomphe de la mort.* Un tableau du maître flamand accroché aux cimaises du musée du Prado à Madrid, y voisinant avec les célèbres triptyques du *Jardin des Délices* et du *Chariot de foin* auxquels il s'apparente par son traité et son inspiration : la mort, en squelette nue ou vêtue de cotte de maille fauche, viole, pille les braves gens et les autres à la manière des soudards, dans une version sur toile des fresques médiévales de danses macabres, où la camarde invite bourgeois, prélats et manants à la suivre. Seuls deux amants insouciants semblent échapper au massacre, et au second plan, près de bâtisses en feu, un pendu décore un gibet survolé par des oiseaux noirs.

En commentaire de l'œuvre, l'auteur du livre évoquait une allégorie du nazisme et Sam comprit mieux pourquoi Louis aurait pu choisir ce tableau – une copie puisque l'original était au Prado – pour servir de message, ou de cache à un message.

Un soir, Chloé appela ses deux hommes pour leur proposer un déjeuner le lendemain au Mont-Blanc, elle avait du nouveau sur l'affaire Malucheau. Du tac au tac, Antoine répondit qu'il en avait autant à leur service. Vexé, Samuel dut avouer qu'il n'avait rien de croustillant à annoncer mais qu'il serait heureux de ce repas « qu'il honorerait de sa présence ».

## 19.
## HOMMAGE À SAN ANTONIO

Quand ils se retrouvèrent, ils avaient des mines de conspirateurs, même Sam, qui avait finalement « quelque chose à dire ».

Plus flamboyante que jamais, Chloé portait un pantalon court, branché et léger car elle se ressentait encore de sa blessure qui cicatrisait mal.

– Ton vieux devait nourrir son clebs au cyanure, se désola Samuel.

Elle venait d'être payée du solde de ses piges et, généreuse comme toujours, elle invita les deux hommes qui se récrièrent puis acceptèrent, car rien ne semblait pouvoir lui résister. À peine attablés dans leur coin, devant une bouteille de Coteaux des Baronnies de chez Liotaud en apéritif, elle attaqua :

– Vous savez, la mémère sado-maso de Tonio en fuite (l'air indigné, il fit mine de protester), elle me faisait peur, eh bien c'est fini.

– Comment ça ? demanda Sam.

Mimique de Chloé, du genre « tralalère le loup, vous l'saurez quand j'voudrai bien ».

– Arrête de jouer les chipies.

– Oui, quoi ; elle s'est enfuie en Terre Adélie ? On l'a arrêtée ?

– Mieux que ça !

– Mieux que ça ?

– Elle est morte.
– Comment ? Où ? Quand ?
– Remets le tout dans l'ordre.
– Comme c'est drôle.
– Hier matin, j'ai appris la nouvelle à la radio, tout simplement. Oh, juste une petite phrase et un rappel succinct de sa cavale. J'ai appelé notre copain, le commandant Antier pour avoir les détails.
– Alors ?
– Elle avait une autre maison, de sa famille à elle, à Novalaise, au bord du lac d'Aiguebelette en Savoie.
– Novalaise, Tango Chinetoque, c'est là que se termine *Tango chinetoque,* un San Antonio de la bonne époque, explosa Antoine. C'était ça qu'il avait trouvé le petit François.
– Explique.
Il expliqua, et Chloé comprit ce que Louis avait essayé de lui dire peu avant de mourir. Son jeune informateur avait comme lui la sale habitude de coder toutes ses informations.
Chloé reprit :
– La police planquait depuis qu'elle avait découvert l'existence de cette maison. Geneviève y est venue en voiture de location, pour prendre du cash et des tableaux qu'elle avait entreposés là, au cas où. Ils ont tenté de la bloquer, mais elle les a eus en coupant à travers la pelouse de la propriété, pour filer sur Pont-de-Beauvoisin, une petite ville en contrebas du lac. Mais elle est allée vite, trop vite, et elle est tombée dans un ravin.
– Drôle de femme.
– Attendez, c'est pas tout.
– Elle t'a légué un Brueghel ! déclara Samuel qui ne renonçait pas.
– Sa voiture a brûlé et quand les pompiers sont arrivés,

ils n'ont retrouvé qu'une partie de son corps dans les débris calcinés.

– Le tronc de la veuve, le retour, conclut sordidement Antoine, quelle terrible ironie du sort.

Le bibliothécaire attendit qu'ils eussent achevé leur entrée, avocat-crevette-vinaigrette, pour apporter sa contribution aux révélations du jour, comme il l'avait annoncé. La patronne fit deux ou trois cercles gracieux autour de lui, plus attirée que jamais par le charme rond et apaisant qu'appréciait Chloé à distance. La jeune fille reconnaissait ce soir-là qu'il était mignon son quinqua, débarrassé de l'influence putride de sa galeriste. Comme elle souriait à ses propres pensées, Antoine demanda, soupçonneux :

– Qu'est-ce qui te fait sourire ?

– Mais toi, répondit-elle, sous le regard narquois de Sam.

Le bibliothécaire n'insista pas. Célébrant une douceur de vivre oubliée depuis quelque temps, il retrouva celui de ses gestes machinaux qui symbolisait l'intense bien être : une petite caresse du pouce et du majeur de sa main gauche sur sa barbe rase pour soulever ses lunettes rondes. Le café était plein, des habitués s'interpellaient, un garçon apporta leur Régnié favori. En renouvelant son massage facial, Antoine finit par dire :

– Moi aussi, je sais des choses.

– Ahhhh ! Sam et Chloé avaient donné ce qu'il fallait de dérisoire dans le ton de leur attente enthousiaste. Sans s'émouvoir, leur aîné reprit :

– Mes tuyaux viennent de la greffière du juge d'instruction, une charmante personne (Chloé avait le souvenir d'une femme de la quarantaine qui aurait pu tenir sa place comme demi de mêlée dans l'équipe des All Blacks) très liée, je devrais même dire ligotée à un de mes amis ; enfin, vous voyez ce que je veux dire.

Prenant un style oratoire très bio-journalistique il continua :

– Geneviève Guesdon naît en 1952 à Rouen dans une famille honorable…

– Abrège, cabotin ! ricana Samuel.

Faussement vexé, le bibliothécaire reprit :

– Mauvaise élève partout, sauf en dessin, on ne disait pas encore « arts plastiques », elle commence très jeune à mener une vie dissolue à Paris, dans les bagages du directeur d'une société pétrolière, dont elle est la maîtresse à seize ans. À peine installée dans la Capitale, elle plaque rapidement le mazout pour le vernis d'un peintre famélique, mais qui l'initie, comme dirait Sam, à deux choses : l'histoire de l'art et l'art du faux en peinture. Il peint des copies d'artistes modernes et contemporains, qui de temps en temps ne sont pas vendues comme copies. Il travaille entre autre avec le fameux marchand Legras, mais vous êtes trop jeunes pour vous souvenir…

– Dépêche-toi le vieux, tu vas plus avoir de souffle.

– Petit con ! Le barbouilleur présente à sa compagne un de ses clients, un marchand de biens comme on dit, qui aime les coups. Geneviève entre dans l'univers sadien.

– Sadique.

– Si tu veux.

– Non, le sadique c'est toi. Tu sais bien qu'on s'en fout de la vie de Sainte Geneviève du fouet.

– Alors…

La patronne vint servir en personne le poulet à l'estragon et la salade, et sous la pression de ses compagnons, Antoine fut obligé de continuer en mangeant :

– Elle suit les cours de l'école du Louvre en auditrice

libre, et c'est là qu'elle fait une nouvelle rencontre, celle d'un amateur de chair fraîche qui lui offre bientôt son premier tableau authentique, un Balthus, avant d'en faire l'animatrice de ses partouzes très ouvertes sur le monde des arts... et de la prendre pour épouse.

– Malucheau !

– Exact. Malucheau, celui qui avait toujours tout volé dans la vie, y compris l'identité d'un pauvre gars nommé Paulin Neyret, dauphinois dur au chaud comme au froid, grand naïf descendu à Paris pour faire l'écailler dans les brasseries ; Paulin Neyret, membre obscur de *Patriam Recuperare*, mort sans famille dans l'incendie de la maison Grunberg. Bref, Malucheau-Neyret épouse Geneviève en 1975. Il a soixante-cinq ans et elle en a vingt-trois.

Fin du plat principal, Antoine s'étrangla, Sam finissait le Régnié, Chloé avait les yeux dans le vague, quelque part au mariage Neyret. Coincée au bar, la patronne ne put s'occuper des desserts : crème brûlée pour Sam, cafés pour les deux autres et reprise du récit par le bibliothécaire :

– Achats-ventes de tableaux, recel, faux, avec couverture garantie par un véritable travail de marchand d'art à l'enseigne Rouge Sonatine, ex-Pierre Grunberg, avant de se transformer en Infortunes de la vertu en façade et triomphe du vice dans l'arrière-boutique.

Cafés bus, il y avait beaucoup de monde en attente, et la mine désolée de la patronne, amoureuse mais commerçante, montrait que leur table était de plus en plus convoitée. Ils l'abandonnèrent à une équipe de jeunes du style Gilles le Branchado, bardés d'agendas électroniques et de portables dans lesquels ils alternaient les aléas de leur vie domestique étriquée et ceux du Net.

Dans la rue de Bretagne, Chloé sortit une cigarette :

– Tu continues ? se désola Antoine.

– J'ai peur que ce soit reparti, confessa la jeune femme.

– On peut le comprendre, reprit Tonio qui ajouta, à la demande générale : « Suite et fin de la vie magnifique et horrifique de Geneviève, femme de mauvaise vie. » J'en étais à la fin, à savoir que la vie des Malucheau ressemblait à tant d'autres : association d'intérêts, couple sans enfant, Geneviève avait été inflexible là dessus, et elle aurait pu ignorer toute sa vie d'où venait la trouble fortune de son mari s'il n'y avait eu en 1980 une lettre postée des États-Unis qui fit remonter le passé et planer une menace. Malucheau en avait vu d'autres, mais il mourut peu après d'un cancer du poumon, privant Louis Cohen d'une vengeance dont on ne connaît pas tous les détails.

– Comment la justice sait-elle déjà tout ça ? demanda la jeune femme.

– Eh bien…

Un portable sonna dans la poche de poitrine de la chemise de Sam.

– T'as un portable ? s'étonna Chloé avec un air de reproche.

– Heu, oui, cadeau de mon ami journaliste à qui j'ai donné quelques beaux scoops sur notre affaire.

– Je croyais qu'il faisait dans la bouffe ?

– Juste les plats de Résistance.

Il sortit l'appareil, écouta, prononça un « ah, dans la réserve, bon. Merci » et plus théâtral et cabotin qu'Antoine, il déclama :

– Un taxi ! Mon royaume pour un taxi ! Mes amis, vous allez faire une super-découverte avec ce petit malin de Sam.

– Où ça ? demanda Antoine.

Sans répondre le jeune homme héla une première voiture, qui était pleine à craquer, puis une deuxième et la troisième fut la bonne, à qui il donna l'adresse de la ruelle des Planches.

Dès qu'ils furent installés, il annonça :

– Vous vous souvenez que j'avais entrevu un tableau dans le bureau de Geneviève, et que je pensais avoir reconnu un Brueghel...

– *Le Triomphe de la mort*, qui est au Prado, confirma le bibliothécaire.

– Quand j'y suis repassé avec la police, j'ai constaté que le tableau qui était à l'emplacement concerné pouvait ne pas être celui que j'avais vu.

– Et alors ?

– Alors, un des policiers à qui j'avais fait part de ma quête de Brueghel vient de m'appeler. La suite dans cinq minutes.

Il en fallut une quinzaine pour arriver devant la galerie. Plus excité qu'une puce sur un marché aux hommes, Samuel laissa la note à Chloé et se précipita dans la galerie vide. Quand ses deux amis le rejoignirent, il était dans le bureau de Geneviève en compagnie de trois hommes, dont un petit monsieur qui avait dû connaître Brueghel. Ils entouraient un tableau posé sur un chevalet, dans des attitudes proches de la vénération des apôtres sur une scène de la cène. À leur entrée, Sam se tourna vers eux en s'écriant :

– Un vrai, c'est un vrai !

Flegmatique, Antoine répondit sans regarder la peinture :

– D'accord, mais le message, où est le message ?

Un des hommes, sans doute un policier, précisa à la cantonade :

– Il était dans la réserve, entre deux croûtes. Prêt à être enlevé.

L'autre homme présenta aux arrivants le vieux monsieur en extase, Hypolite Botalet, conservateur en chef des musées nationaux relativement mal conservé, sauf s'il était vraiment contemporain du tableau, qui représentait une bande de joyeux paysans dansant sous un gibet sur lequel était perché un oiseau noir. Suivant le regard de ses amis, Samuel récita :

– « Nombre transcendant sur les colonnes du Temple. Tout est dans la peinture. » Tu te souviens, Chloé, quand j'ai trouvé que *pi* c'était pie, et JB gibet ? (il n'attendait pas de réponse) Vous savez quel est le titre de cet œuvre ?

– La pie sur un gibet, déclara placidement Antoine.

– Tu le connaissais ? s'étonna le jeune homme.

– Non, mais ça peut paraître évident.

– *An de galg dansen*, croassa soudain le conservateur : danser sous le gibet, c'est l'équivalent flamand de notre « danser sur un volcan ». Brueghel exprime ici l'insouciance de ces gens alors que la violence et la mort rôdent autour d'eux.

– Mais, s'exclama Chloé, c'est... le vrai ? ? !

– Sans hésitation, confirma l'expert ; bien qu'il soit réputé être accroché aux murs du *Landesmuseum* de Darmstadt en Allemagne.

– Comment est-ce possible ?

– Il est vraisemblable que le tableau a été copié secrètement en Allemagne peu avant la guerre, sur ordre de Göring, par un extraordinaire faussaire d'origine tchèque.

– Un faussaire tchèque... du nom de Cohen ?

– Bien sûr, conclut le conservateur sans s'étonner qu'Antoine ait pu faire le rapprochement.

– Merveilleux, Louis ! s'enthousiasma Chloé en se souvenant de la conversation avec le vieil homme dans une brasserie « le peintre était un mauvais créateur mais un copieur de quelque talent. »

L'un des policiers désigna alors une liasse de feuilles froissées sur le bureau :

– Voilà, c'était glissé dans l'encadrement du tableau. Il y a l'essentiel de l'histoire Malucheau-Neyret reconstituée par Cohen. C'est ça qu'il voulait que vous retrouviez.

– Super vieux bonhomme, sourit Samuel, son goût de la mystification lui a coûté la vie et a rendu caduque la découverte de ses révélations.

– Pas pour nous, dit un des policiers, il y a là-dedans de quoi intéresser beaucoup de monde en France, en Allemagne et aux États-Unis.

– On peut imaginer par quel moyen le tableau est parvenu à Malucheau, mais pourquoi l'a-t-il gardé ?

– Les Allemands seront là à la fin de la semaine pour nous en parler, il y a eu deux ou trois tentatives de négociation avec eux. L'œuvre était invendable par ailleurs.

Au moment de sortir, ce fut Samuel qui constata que la résolution des énigmes posées par Louis et ce François dont ils ne savaient même pas le nom ne leur avait servi à rien.

– Mais mon petit Sam, suggéra Chloé, il n'y a que dans Conan Doyle et Agatha Christie que les héros dévoilent utilement les mystères.

Sur le trottoir surchauffé par l'après-midi de juillet, dans cette ruelle des Planches qui marquerait leur souvenir de pointillés à la Seurat – sourire de Louis le faussaire chasseur de faux ; lèvres pincées de Geneviève la sadique ; galéjades de Clovis Trouille le bien rimé ; Brueghel et ses gibets – Chloé et ses amis marchèrent en silence. Puis la jeune fille proposa d'aller boire une bière, une Grimbergen, à la brasserie où l'avait invitée le vieil homme. Ils s'y rendirent à pied ; ils se sentaient bien, aucun scooter ne les suivait. La vie tranquille allait reprendre ses droits et chacun ses habitudes. Chloé sortit son paquet de cigarettes et Samuel constata :

– On fait un super trio.

– Ah, bonne idée ça, la pratique du triolisme, saliva Tonio plus pépère pervers que jamais, quand est ce qu'on commence.

– Mon Tonio, si tu n'existais pas, il faudrait t'inventer, conclut Chloé.

## Notes

1. Auteur de *La Guerre d'Afghanistan* et *Ocre fatal*, Éditions Balland.

## Bibliographie

*La Vie quotidienne des écrivains et des artistes sous l'Occupation*, Gilles et Jean-Robert Ragache, Hachette, 1988.

*Les Trois siècles de la maçonnerie française*, André Combes, Edimaf, nouvelle édition, 1999.

*La Franc-maçonnerie sous l'Occupation*, André Combes, Éditions du Rocher, 2001.

*Encyclopédie de la Franc-maçonnerie*, ouvrage collectif, Livre de Poche, La Pochotèque, 2000.

*Les Francs-maçons*, Jack Chaboud, collection *Les Essentiels*, Milan, 1996.

*Les Francs-maçons, ces bâtisseurs du temple intérieur*, Jack Chaboud, Aubéron, 1997.

*Anarchistes francs-maçons et autres combattants de la liberté*, Édouard Boeglin, Bruno Leprince éditeur, 1998.

*Clovis Trouille*, Éditions Filippachi, 1972.

*Les crimes de l'amour*, Pauvert, 1988 ; *Soudain d'un bloc d'abîme*, 1994. Ouvrages sur Sade par Annie Le Brun.

*Œuvres complètes*, Sade, Pauvert, 1987-88.

*Intelligence avec l'ennemi*, Alice Kaplan, Gallimard, 2001.

*Humanisme*, revue du Grand Orient de France, rue Cadet, 75009 Paris.

Achevé d'imprimer
par l'Imprimerie Darantiere
à Dijon-Quetigny
en avril 2003
Dépôt légal : mai 2003
Numéro d'imprimeur : 23-0485
ISBN 2-84742-027-4
Imprimé en France